セルトリーク戦記

追放された皇子が美女たちを娶り帝国を統一するまで

1

ネコミコズッキーニ
イラスト | sakiyamama

ヴィルガルド

「まぁ……本当に目が青いのですね。」
ツキミカド・マヨ

「私の身体に……あなたの感触を
しっかりと感じさせてほしい……」
キヨカ

ゼルトリーク戦記　追放された皇子が美女たちを娶り帝国を統一するまで①

ネコミコズッキーニ

MONSTER bunko

目次

プロローグ

静かな……とても静かな夜だった。だが静かになったのはついさっきであり、それまでは妻となった2人の美少女たちと初めての夜を迎えていたのだ。

俺の両隣では、よく日に焼けた肉付きのいい身体に濃いめの金髪が似合う美少女と、細身で白い肌に、黒く艶やかな髪が魅力的な美少女が静かな寝息をたてて眠っていた。

（いよいよだ……もう覚悟は決めた。俺はこの国を……ゼルトリーク帝国を統一する）

2人との結婚もそのために必要だった。だが知らない仲ではなかったし、大事にしたいと思っている。何より命を懸けた誓いもある。

それはそれとして、早く2人との間に子を作らないといけないんだが……。まぁ焦らずとも、これから毎日抱いていれば、いずれ子もできるだろう。

あの運命の日から10年以上の時を経て、俺はようやくスタートラインに立つことができた。明日から多くの屍を積み、果てなく続く血河の先に望みを掴み取る。そのための戦いが始まる。

「ん……」

2人の身体がピクリと動く。2人とも初めてだったのに、俺の精をよく受け止めてくれた。ああ……この2人のためにも、俺は立ち止まらない。

「おお……！　ヴィルガルド様はやはり筋がいいですな……！」

「本当!?　師匠にそう言われると、やっぱり刀にしてよかったと思えるよ！」

◆◇◆◇◆◇

大陸に版図を広げるゼルトリーク帝国の帝都には、皇族の住んでいる皇宮がある。その中庭で俺は剣術指南を受けていた。

「まぁ12歳にしては……ですがね」

「なんだよ、それ！」

「ははは。いやしかし、我が故郷では一端の武人となれましょう」

俺、ヴィルガルド・ゼルトリークはこの帝国の皇子である。といっても何人もいる皇族の1人であり、皇位継承権は20番目くらいだ。

将来この大帝国の皇帝になることはないし、どこかの大領地か他国に出されることが決まっている身だ。

だが戦争の多い国だし、皇族といっても下の方なので、騎士団を率いて前線に出る可能性もある。そのため上の兄たちが受けているような形式上の剣術指南ではなく、俺には本格的な指導が行われていた。

俺の剣術指南役として皇宮に招かれたのが、このキリムネ師匠だ。師匠は母の推薦を受けて俺の先生になったと聞く。

　なんでも優秀な剣士を数多く抱える国の出身で、そこでもかなり名を馳せていた人らしい。

師匠の国では剣と言えば両刃の剣ではなく、カタナと呼ばれる片刃の曲刀が使われていた。

　帝国で使われている両刃の剣は、本格的に振るには結構重い。初めて剣に触れたのは10歳の時で、まだ成長しきっていない俺の身体では負担も大きかった。

　最初はそれでも頑張って素振りをしていたのだが、ある日それを見た師匠がこう言った。

『ヴィルガルド様の筋肉のつきかたと刻印術を見るに、刀の方が向いているかも知れません。まだ型もできあがっていない今のうちに試してみませんか？　実は私も刀の方が教えやすいのですよ』

　その日から、俺は刀を使うようになった。実際こっちの方が、両刃の直剣を振っているよりしっくりきたのだ。皇宮警備騎士長は眉をひそめていたけど。

「師匠の故郷って、帝国から南東にあるんだっけ？」

「ええ。武人の国、アマツキ皇国です。酒も魚も美味い、いい国ですよ。いつか案内したいものですね」

　教師はキリムネ師匠だけではない。歴史、薬学、社交、音楽などたくさんの科目でそれぞれ先生がつけられている。

　末席とはいえ皇族なのだ。この国の貴族として恥ずかしくない教養は身につけておかねばならない。とはいえ、剣術指南以外の時間は退屈そのものなんだけど。

母上に「身体を思いっきり動かせる師匠の授業が一番楽しいです」と話したことがあったが、その時は「ヴィルも男の子なのね」と笑みを見せてくれた。

師匠の剣術授業が楽しいのは、身体を動かせるからだけではない。貴族に多く発現する力……刻印術の扱い方についても学べるからだ。

「ヴィルガルド様。なぜ貴族を中心に、刻印術を扱える者が多いかお分かりですか？」

「座学で習いました。そんな知識より、実際に刻印術を使って剣を振りたいです！」

遥か昔、伝説上の話になるけど、大昔の大陸には数多くの魔獣が生息していたらしい。魔獣はとても凶暴かつ強大な身体能力を有しており、人々は魔獣から隠れるように住んでいたというのだ。

そんな人々を憐れんだ女神がグノケインという男に力を与えた。彼は身体の一部に刻印を発現させると、普通の人にはあり得ない身体能力を発揮できたという。

グノケインはその後、長い年月をかけて魔獣と戦い続け、その中で幾人もの女性と子を成す。彼の子供にも刻印の力は引き継がれ、やがて各地で刻印を持つ者たちが人々をまとめ始め、いくつもの国が興った。

刻印を持つ者は全員身体能力の向上を大なり小なり行えるのだが、中にはさらに特殊な能力に目覚める者もいる。力を持たない者たちをまとめあげるのも容易だっただろう。彼らはそうして支配層になっていった。

貴族に刻印を持っている者が多いのは、そうした理由からだ。当然、ゼルトリーク帝国皇族の血を引く俺にも刻印は発現している。

刻印の発現中は身体能力が上がっているのだけれど、俺はまだうまくその力を使いこなせない。長時間は発現させられないし、いきなり身体能力が上がると感覚の違いから、これまでのように身体を動かせなくなるのだ。

その点、師匠相手の鍛錬では遠慮なく力をぶつけることができる。師匠は俺が刻印を発現させていようと、いつも余裕の表情を崩さないからな。

刻印についてのおさらいを終え、今日も師匠と剣の稽古を行う。日が傾き始めたころには、全身が汗だくになっていた。

「今日はここまでにしましょう。また2日後に参ります」

「ありがとうございました！」

ゼルトリーク帝国は500年続く、歴史ある大国だ。皇族の数も多く、その居住地である皇宮の敷地もとても広い。

だが皇位継承権の順位で、立ち入れる場所がはっきりと分けられていた。俺のような下の者はごく一部しか立ち入りが許可されていない。

「兄さん！　今日はどんな授業を受けていたの？」

「兄さま！　わたし今日社交の授業で、先生に褒められたの！」

しかしその分、同じく皇位継承権の低い異母兄弟たちと会う機会も多い。実際、母上も交えてよく他の弟妹たちとお茶会をしている。

特に妹のレミニエールと弟のアーロストンの２人とは仲が良かった。年齢が近かったことも関係していたのだろう。

俺たちは成人するまで基本的に皇宮から出ることはない……けど、それなりに充実した日々を過ごせていた。

ここで教育を受けた後は15歳で成人を迎え、その後は本格的に帝国貴族としての生活が始まる。俺たちは皇族として、帝国の更なる発展に貢献できるはずだ。

この時はずっとこの生活が続くものだと考えていた。大帝国の皇族であるという誇りもあったし、将来騎士団を率いたり、他領や他国へ行っても皇族として活躍できるようにと、真面目に授業を受けていた。そうして約半年が過ぎたある日のことだった。

「ヴィル……！」

「母上？　どうかしたのですか、そんなに慌てて……」

母上は真剣な表情で俺を見ていた。何かよくないことが起きたのだろう。そんな母上の様子を見て俺も不安になる。

「……ここから移動します。ついてきなさい」

「ここから……？　しかし母上はともかく、私はこの区画以外の立ち入りは許可されておりませんが……」

「大丈夫です。ヴィルは私が守ります。さぁ……」

有無を言わせない迫力を感じ、俺は母上の言う通りに部屋を出た。そして長く大きな廊下を速足で進む。

(何かあったのは間違いない……けど、ここでは聞きづらいな)

今日は皇宮全体から妙な空気というか、緊張した雰囲気を感じていた。具体的に何が……とは言えないけれど、とにかく妙な違和感があるのだ。空気がざわめいているというか……。

そう言えば、少し前から社交と歴史の先生が顔を見せなくなった。辞めたとも聞いていないし、代わりの先生も来ていない。

それにキリムネ師匠も1ヶ月ほどここを訪ねていない。こんなに長く剣術指南の時間が空いたのも初めてだ。

違和感の正体がはっきりと分からなくて気持ち悪い。だがそんなことを考えている今も、足は母上を追って進み続けている。もうとっくに俺に許可されているエリアの外へと出てしまっているのだ。

「……こっちです」

突き当りを右に曲がり、少し広い庭園へと出る。するとそこには2人の騎士が待っていた。2人とも初めて見る顔だ。母上はその者たちに声をかける。

「……待たせましたね。状況は？」

「はっ！　既に騎士団は動いております！　今ならまだ間に合います、急ぎましょう！」

騎士たちからも強い緊張感が漂っている。俺はさすがに不安になり、母上の顔を見上げる。

「母上。いったい何が起こっているのです……？」

「……ヴィル。今から私と一緒に馬車に乗り、帝都の外へ行きます。行き先は私の父が領主として治めている地……リンゼント領です」

「母上の……父上……」

母上は帝国内において有数の大領主の娘だった。どういうわけか今からそこへ向かうらしい。目の前の騎士たちも、おじい様の領地関係者だろうか。

しかしその時だった。いくつものガシャガシャとした音が近づいてくる。姿を見せたのは、10人の騎士だった。その中の1人は知っている顔だ。

「おお……。よかった、間に合いましたか」

「…………っ！」

母上と2人の騎士の顔色が変わる。

新たに現れた騎士たちの先頭にいる男は、帝都にいくつかある騎士団の1つに所属しており、皇宮警備騎士長を務める男だった。

その男が右腕を上げる。次の瞬間、母上の前に立っていた2人の騎士の頭部に矢が撃ち込まれた。

「え……？」

甲冑を着ていたため、ガシャリと大きな音を立てて地面に倒れる。そしてその頭部に刺さった矢とそこから広がる血を見ても、俺の頭では今なにが起こったのか理解できないでいた。

「な……なに、が……」

「無礼な！　皇宮で血を流すとは、それでも帝国の騎士か！」

「ははは。既に新皇帝陛下より許可はいただいております。ここを綺麗にするように、と。ああ、それから。人質にする価値もない、リンゼントの血はここで絶て……ともね」

「な……！」

騎士の1人が俺に矢を向ける。俺は恐怖で思考が硬直し、身体が動かなくなっていた。実戦の経験もなければ、今の状況も理解できていない。これまで平和に暮らしていた子供に咄嗟の判断能力はなく、刻印術を使おうとも考えられなかったのだ。そして。

「あ……」

母上は俺を庇うように、矢を向けた騎士と俺の間に入る。そして俺に抱き着いた。

そんな母上の口から血が流れる。その目はとても優し気に俺を見つめていた。

「はは……う、え……」

「邪魔だ」

母上の後ろに立った皇宮警備騎士長が、抜身の剣で母上の背中を斬る。振るわれた剣の重く鈍い振動が、密着する母上の身体を通して俺まで伝わってきた。

「っ……ぁ、……！」

母上の瞳から光は消えたが、その腕は俺を離さず強く抱きしめている。騎士長はそんな母上の身体を、忌々し気に蹴り続けた。

「この女……！　いい加減に離れろ……！」

「やめ……やめろぉ！」

なんなんだ、なにが起こっているんだ！　は、母上は⁉　どうしてここを守るはずの騎士たちがこんなひどいことを⁉　なんで俺と母上がこんな目に遭うんだ⁉

「もういい、女の身体ごと突き殺してくれる！」

騎士長が突きの構えを取る。そして母上ごと俺を貫こうと、まっすぐにその刀身が伸びてきた……が。俺の視界には、腕を斬り飛ばされた皇宮警備騎士長が映っていた。

「な……⁉」

「遅かったか……！　おのれ……！　おのれ、貴様らぁ！」

そこに立っていたのは、ここ1ヶ月姿を見せなかったキリムネ師匠だった。師匠はこれまで一度も見たことのない動きで素早く刀を振り、ものの数秒で10人もの騎士たちを斬り捨てる。その一部始終を見ていたはずなのに、速すぎて何が起こったのか分からなかった。師匠の動き自体を追いきれなかったのだ。

師匠は刀に付いた血を払うと、俺と母上に視線を向ける。その表情にははっきりと後悔の色が刻まれていた。

「すまない……間に合わなかった……」

「し……し、しょ……お、れ……」

うまく話せない。思うように言葉が口から出てきてくれない。心臓はずっとうるさく脈を打っているし、喉もカラカラだ。

だんだん母上の腕が冷たくなっていくのが分かる。ああ……母上は……死んだ、のか。認めたくないのに……どうしてこんなにはっきりと分かってしまうんだろう。

朝目覚めた時は、今日もいつもと変わらない１日が始まると思っていたのに。さっきまで母上と会話ができていたのに。

「ヴィルガルド様……いや、ヴィルガルド。これは私の自己満足だ。間に合わなかった贖罪(しょくざい)ですらない。だが、リグライゼ殿が守ったその命……ここから先はこのキリムネが繋げてみせよう。我が名、我が刀、そして亡き母の子を想う愛に誓う」

そして。何も事情が分からないまま、俺は師匠に腕を引かれて帝都を出たのだった。

第一章　新たな生き方

（もう10年前……か……）

あの後、俺は師匠に連れられてこの国……アマツキ皇国に身を寄せることになった。

てっきり母上の父上が領主を務める地、リンゼント領に向かうと思っていたのだが、俺の消息は行方不明扱いにしておいた方が都合がよかったらしい。

（当時はなぜ……と、思っていたけど。今のこの大陸を見れば、まぁ正解だったよな……）

皇宮から出たことのない俺は、外の世界のことを何も知らなかったのだ。

戦線を拡大し過ぎた帝国が、大陸に多くの敵を作っていたこと。そして財政が逼迫し、民たちに重税を課す領地が多かったこと。俺の生活はそうした多くの苦しみの上に成り立っていたことを。

これに関して罪悪感とかは覚えていない。生まれと立場の違いの話……そう割り切っている。そう。だからあの日、俺と母は新皇帝の手の者に襲撃され、生き残った俺は生まれを隠して生きていくことになった。

（年々賊が増えてきているし……嫌な世の中になったもんだ）

右目は眼帯で塞がれているため、左目だけで地面を見る。視界には2人の賊が血を流しながら地に伏せている様子が映っていた。

この手に握る刀で急所を斬ったし、もう助からないだろう。

「おいヴィル！　1人で突っ込むなといつも言ってるだろう！」

「そうよ！　刻印術の使い手が10人くらい待ち伏せしてたら、どうするつもりだったのよ！」

後ろから1組の男女が姿を現した。2人とも俺と同い年で、付き合いの長い武人だ。

大柄ではつらつとした印象のある男はマサオミ。もう1人の茶髪ポニーテールはキヨカだ。

マサオミは顔つきが厳つく、俺よりも年上に見える。

対してキヨカは細身ではあるものの、キリっとした目つきもあって凛々しく見え、髪型と合わせて活発な印象を抱かせる外見をしていた。

「いや、さすがにそんなに刻印持ちがいれば、もっとひどいことになっていただろ……」

俺たちは森に流れてきた賊の集まりを取り締まりに、皇都からこの地までやってきたのだ。

大人しく捕まってくれなかったので、こうして戦闘になってしまったが。外の喚声は静かになっているし、向こうも片づいたらしい。

俺は両手に顕現させていた黒い手甲を消すと、刀も鞘に納めた。

「さぁ。ご当主に報告しなくちゃ。死体の後始末は兵士たちに任せて、皇都に戻ろう」

国が違えば貴族の在り方も変わる。アマツキ皇国では刻印持ちの騎士……〈武人〉の運用の仕方や領主の在り方がゼルトリーク帝国と大きく異なっていた。

　帝国では刻印に目覚めた者でも、平民であれば騎士にはなれない。だが皇国ではたとえ平民であっても、実力さえ認められれば武人として生きていくことができる。

（もっとも武人に求められるものは実力だけでなく、どの家も武家として存続し続けるにはそれなり以上に努力が求められているのだが……）

　武人は民の税で生活していくぶん、数多くの義務が生じる。いざという時には民たちの矢面に立って命を懸けることも求められるのだ。

　また平民にはない特権が認められているものの、その立場に相応しくないと判断されれば、武人としての地位を剥奪される。基本的に武人には民たちの模範となり、武芸はもちろん勉学にもある程度精通していることが求められている。

　実力次第で平民でも特権階級になれる一方で、その地位を維持するには相応の努力が必要になるのだ。

　しかし一度武人と認められれば、自分を当主とする新たな武家を興すこともできる。子が刻印に目覚め、武人として認められれば、家を存続させていくことも可能なのだ。

　とはいえ皇国には武家が乱立しているわけではない。誰でも当主となって家を興せるわけではなく、新たな武家として認められるには功績が必要になる。

　それにせっかく家を興しても一族の中から犯罪者が出ればその地位を追われることになるし、

三代にわたって存続させられた武家は名家と言われるくらいだ。

マサオミとキヨカは2人とも武家の生まれだ。中でもキヨカは名家の生まれになる。

そして俺はここではキリムネ師匠が連れてきた戦災孤児という扱いになっていた。

扱いは平民だったものの、15歳の時に武人としての実力が認められて、それ以降こうして皇国の武人として生きている。

ヴィルガルドという、いかにも貴族らしい響きの名は捨て、皇国ではヴィルという名で通していた。

「しかしヴィル、お前やっぱ強いよなぁ。さすがはあの【四剣崩し】キリムネ様に幼少期から師事していただけはあるってぇか……」

「でも、いくら実力に自信があるからと言って、単独先行はいただけないわ」

「……悪かったよ。あの時はあれが一番早くケリをつけられると思ったんだ」

キリムネ師匠は、この国では伝説的な剣士だった。皇国内で名を馳せている武人の中には、キリムネ師匠の弟子も多い。

そんな師匠だが、皇国である程度後進を育てたあと、諸国漫遊の旅に出ていた。その途中で、まだ嫁ぐ前の母上とリンゼント領で出会ったらしい。

皇宮暮らしになったあとも縁があって母上と会う機会があり、その時に息子である俺に剣を教えてやってほしいと頼まれたと言っていた。

（たしかに帝都を出てからというもの、ずっと師匠に鍛えられていたからな……）

帝都を出てすぐに、この国に来たわけではない。当時の帝国領はどこも争いが激しく、簡単に移動はできなかったのだ。そのためまっすぐにアマツキ皇国を目指すことができず、1年以上師匠と旅をしていた。

その間も師匠は俺を厳しく鍛えてくれた。俺も……もうあんな思い……急に剣を向けられ、抵抗もできず大切なものを奪われるのは絶対にいやだった。

少なくともあの時、俺に師匠と同等の力があれば、母上は殺されることもなかったのだ。

強くなりたい動機と決意は十分だった。それに俺の刻印術は両腕に手甲を顕現させるものだが、これは腕力も上げてくれる。剣術との相性もいい。

そうした環境も手伝い、俺は強くなるのに必死だった。

（その成果というか……帝国生まれの俺が武人になれたのは幸いだったな）

師匠の帰国を皇国人はもろ手をあげて喜んだ。そして戦災孤児である俺を憐れむと同時に、久しぶりとなる【四剣崩し】キリムネの弟子ということで、変な注目も集めていた。

まぁ今のところ、師匠の弟子として恥ずかしくない結果を出せているだろう。

師匠からは俺の生まれや本当の名を言うことを固く禁じられている。理由はとても簡単だ。もしこの地に俺がいると帝国が知ったら、国家間の争いの種になりかねない。

それに俺も自分が原因で皇国が争いに巻き込まれるなんてことはどうしても避けたい。

「しかし最近俺たちがこうして賊討伐に出ることも増えたよな。賊が皇都近くまで流れてきているんだ、国境沿いはもっと大変なんだろうが……」

「ああ。難民も多いって聞くな」

「全てはあの日……ゼルトリーク帝国が身から出た錆で崩壊したからよ。迷惑な国だわ」

「…………」

俺は皇宮にいながら何も知らなかったのだが、10年前に帝国では大陸を揺るがす大事件が起きていた。簡単に言えば父……前皇帝が死に、新たな皇帝が誕生したのだ。

しかしこの新たな皇帝に対し、忠誠は誓えないと叛旗を翻した領主や貴族が多く、内乱に発展していった。当時の帝国はどこも財政が厳しい。また飢えに苦しむ民も多く、民衆の貴族に対する忠誠心もかなり衰退していた。

そしてこの荒れた地を狙うものの中には、これまで帝国に苦汁を舐めさせられていた隣国もあった。それらのある国は侵攻を開始し、またある国は反乱領主や新皇帝に援助を行い、帝国はますます荒れていった。

今は大きく3つに割れて争いは相変わらず続いている。その影響は大陸に広く現れており、アマツキ皇国にも難民や賊となった民が入ってくるようになっていた。

(弟妹たちはどうなったかな……。母方の実家がどの陣営についたか次第だろうけど……ま、俺が心配することでもないか)

今の俺は皇国の武人だし。それに皇族の血をひいているからといって、何かするわけでもできるわけでもない。このまま一生、武人として生きていくのだ。

皇都に戻ると、賊を討伐した報告を行う。武人としての任務を終えたので解散となったが、夕食にはまだ少し早い時間だった。

「マサオミ、キヨカ。よければこの後、道場で一汗かかないか？」

皇都には至るところに道場がある。キヨカの家のように、歴史ある武家だと敷地内にわざわざ道場を建てているほどだ。武に打ち込む者が多いのも、アマツキ皇国の特徴だと思う。

賊も大した相手ではなかったし、このまま試合でも……と思ったのだが、マサオミはボリボリと頭をかいた。

「わるいな。せっかくの誘いだが、今日は弟が成人を迎える日なんだ。早く帰れたし、このまま実家に向かうよ」

「そうか。それは弟を優先してくれ」

マサオミの弟か……。武人としての才もあると聞くし、いずれ同じ任務に就く日もあるかも知れないな。

「それにこういう自由な時間を作れる機会は貴重だろ？　俺のことは気にせず、２人で楽しんでこいよ」

「ちょっとマサオミ⁉」

からかうようなマサオミの視線を受けて、キヨカがわずかに頬を染める。キヨカとの付き合いも長いからな……俺とキヨカがそういう関係だというのは、マサオミは当然のように気づいていた。

「そういうことならマサオミの言葉に甘えようか」

「お、言うねぇ」

「ヴィルまで何を……」

「ん？　キヨカもこの後、何か予定があるのか？」

「……ない、けど」

恥ずかしいのか、キヨカはやや視線を下に落とす。そんなキヨカの手を引いてマサオミに別れを告げると、そのまま道場に向かって歩き出した。

キヨカはやんわりと手を握り返してくる。

「うぅ……もしかして私たちのこと、みんな知ってるのかな……？」

「どうだろう。特に言いふらすようなことはしていないけど……幼馴染みみたいなものだし、マサオミには誤魔化せないさ」

武人は主に〈理心館〉という広大な屋敷を中心にして動いている。ここは武人がよく出入りする屋敷であり、新たな任務を賜る時や会合にも使われている場所だった。

他にも俺のように平民上がりの武人が多く住んでいるが、所帯を持ったら出て行く決まりがある。その敷地内に道場はあった。ここは武人であれば、いつでも誰でも使用できる。

「さすがにこの時間だとそれなりに人がいるな……」

道場内では幾人(いくにん)かの武人たちが木刀を振っていた。俺とキヨカは空いているスペースへ移動し、木刀を手に取る。そして自然と向かい合った。

「ルールは？」

「刻印術なしの一本勝負でどうかしら？」

「分かった、それでいい」

俺もキヨカもこれまで何度も試合を行ってきている。事前ルールの確認もすぐに済む。

「こうして木刀を持って向き合うと、初めて会った日のことを思い出すわね」

「ああ……たしかキヨカが俺にケンカを売ってきたんだったか」

「ちがうわよ!?　ただ異国人なのに、キリムネ様の弟子というだけでチヤホヤされているのが目についただけよ!?」

「それ……ちがうのか……？」

キヨカとの出会いは俺もよく覚えている。皇国に来てすぐ……まだ成人も迎えていない幼少の頃だった。

俺の外見には皇国人にあまり見られない特徴があるし、師匠のこともあってやたらと注目を集めていた。キヨカは武人の中でも名家の生まれであり、当時はよそ者の俺が人気者みたいな扱いを受けていることに対し、子供ながら反発心のようなものを抱いていたようだ。

『キリムネ様の弟子なんだもん。異国人でもカタナを扱えるのでしょう？　私がどんなものか確かめてあげるわ！』

そんなこんなでキヨカと試合を行うこととなった。当時の俺は同年代ならまず負けないと考えていたのだが、それは思い上がりだったとすぐに気づくことになる。

「懐かしいわね。あの時は私の圧勝だったけれど……」

「いやいや。まさか刻印術有りとは思ってなくて不意を突かれただけさ。そのあと仕切り直しの試合では俺が勝っただろ？」

「あら。そうだったかしら？」

「そこは覚えておいてくれよ……」

初戦は俺の負けだった。キヨカは刻印術で身体能力を上げて挑んできたのだ。だがその次の試合は俺が勝った。

それからキヨカは何かにつけて俺に絡んでくるようになり、今ではイイ関係になっているのだから、縁とは不思議なものだと思う。

「おしゃべりはこれくらいにしておきましょうか」

「ああ。……いくぞ」

試合は3回行われた。第一試合は俺の勝ち、それにくやしがったキヨカが二回戦を希望。第二試合は俺が負けてしまった。

こうなるとお互い白黒ハッキリつけなくては気が済まない。そうして第三試合も行い、なんとか勝利することができた。

3回も試合を行うとさすがにそれなりに時間は過ぎている。というか賊討伐から帰ってきて連続試合なんて、かなりの運動量ではないだろうか。

空もすっかり暗くなったところで、大衆浴場で汗を流し、そのままキヨカの家へと赴く。キヨカは成人するとすぐに実家を出て、今では一人で暮らしているのだ。

キヨカの家では、成人後に家を継がない者はすぐに自立を促されるのだとか。そういう武人は他にも多いと聞くが、いわゆる名家と呼ばれている武家ほど多い印象がある。

俺自身は理心館の一室に部屋を持っているが、こうしてたまにキヨカの家で厄介になっていた。とはいえ理心館はしっかりと武人を管理している。外泊時には別途許可を得なければならないし、入館記録もあるので帰りが遅くなると管理課に目をつけられてしまう。そのためキヨカの家に長居できるわけでもない……が。

「ん……っ」

今日くらいは少しばかり遅くなってもいいだろう。お互いに食事を済ませたところで、俺はキヨカを敷布団へ押し倒し、彼女の上に覆いかぶさりながら互いに舌を絡め合わせていた。

「んむぅ……ん、んん……っ」

キヨカと初めてキスをしたのは3ヶ月ほど前になる。ただ性行為の経験はない。キヨカはまだキスにも慣れないのか、両目をしっかりと閉じて耳まで赤く染まっていた。

そんな彼女の頭を撫でつつ、舌先で彼女の口腔内をなぞっていく。上あごを押し込みながらスライドさせると、キヨカの舌が俺の舌の動きを止めるように絡んでくる。それを無視して今度は歯茎の裏側を舐っていく。

「んぁ……ん、ふ……」

口腔内を舐めまわされることが恥ずかしいのか、キヨカは舌を使って抵抗するように俺の舌を絡めとってきた。そのせいでより密着して舌を擦り合わせることになっている。

互いに唇の角度を何度も変え、息も荒くなっていく。興奮のままキヨカの唇を貪っていたが、呼吸を整えるためにゆっくりと唇の結合を解き、顔と顔の距離を離した。

「はぁ、はぁ……」

舌と舌の間に透明な糸が引いている。キヨカはトロンとした目で俺を見つめていた。興奮が冷めない俺は、そのままやや乱暴な手つきで、服越しにキヨカの胸を両手で握る。

「んぁっ」

皇国と帝国では文化がまったく異なっており、それは服装にも表れている。皇国では帝国の貴族令嬢が着るようなドレスは存在していない。

礼服の類はあるが、それも煌びやかなものではなく、どちらかと言えば動きやすさに重きを置いたデザインになっている。

キヨカも家ではやや大きめのシャツと飾り気のないスカートをはいていた。あまり色気がある恰好とは言えないが、キヨカが着ていると気にならないから不思議だ。

「ちょっとヴィル……胸、がっつきすぎだってぇ……っ」

服越しでもしっかりとキヨカの胸の柔らかさを堪能できる。乳首があるあたりを狙って指先を立てて円形になぞると、キヨカは背中をビクリとのけぞらせた。

「んんぁ……っ！　動き……いやらしぃ……」

濃厚なキスを繰り返し、胸を揉みしだいていると、当然ながら興奮はさらに増していく。俺は欲望のままに右手をキヨカの下腹部へとスライドさせていく。

腹を撫で、ゆっくりとした動きでそのさらに下……キヨカの陰部へと向かった。キヨカも俺の狙いが分かったのだろう。抵抗するように俺の右手を掴んでくる。だがこれに構わず、俺は指先をスカートの中へと潜り込ませる。そして下着越しに彼女の女性器をなぞった。

「ふうぅ……っ！　そ……そこ、は……」

中指を立ててキヨカのスジを往復する。薄布一枚隔てた先にある女性器からは、しっかりと体温が感じられた。

ある程度スライドさせたところで、彼女の最も敏感な部分の真上に指を置く。そのまま押し込み、わずかに上下させてみる。

「あぁんっ！　や……そこ……だ、だめぇ……」

キヨカの反応が可愛らしくて、ついついいじわるをしたくなってしまう。俺はクリトリスを押し込んでは円を描くようになぞり、また立てた中指を上下にスライドさせて弄り続けていた。

「はぁぁ、んっ！　や、はぅんっ⁉　ひ……ぁ、やぁ……っ！」

キヨカは腰をビクつかせ、俺の指の動きに合わせていちいち反応してくれた。今では下着もしっかりと濡れているし、部屋に漂うメスの香りが鼻腔を刺激してくる。

これにたまらず、俺はいよいよ下着の中へと指を滑り込ませた。

「ひ……っ⁉」

直に熱を持った女性器に触れることで、昂奮（こうふん）がピークに達する。既に肉棒も痛いくらいに腫れあがっている。

指を動かす度に女性器の柔らかな肉質を感じることができた。手触りで薄い陰毛と愛液のぬめりがよく分かる。そこからさらに中指を伸ばし、スジを探るようにスライドさせる。そして目的の場所……膣口を捉えると、ゆっくりと指先をうずめていった。

「んんん……っ！　ヴィル……そこ、だめ……んっ、はうぅぁっ⁉」

秘穴の奥は固く閉ざされており、第一関節までしか入らない。それに指一本だけとはいえ、かなりの締め付けだ。

　そんな狭穴をほぐすように、俺は入り口付近の膣肉をねっとりと擦っていく。最初こそ探るような手つきだったが、その動きもだんだんと速くなっていき、俺は欲望の赴くままにキヨカの女性器を摩擦していった。

「あ、ああんっ、や、はあぁっ⁉　んぃ、ひ、いううぅ……っ！」

　キヨカの甘い声を聞く度、全身にビリビリとした刺激を受ける。彼女は腰をくねらせ、途中から自分の左中指を噛んで声を押し殺していた。

「んん、ふ、んんっ！　ん、んひゅうぅ……っ！」

　いつまでも乱れる彼女の姿を見ていたい。いや、もっと乱れるキヨカを見たい。

　だがそんな俺の欲望を食い止めるように、キヨカは右手で俺の腕を強めに掴んでくる。同時にただでさえ狭い穴が強烈に締まり、俺の中指をきつく締め付けてきた。

「んん…………っ！　～～～～……っ！　ん、くぅぅ……っ」

　ビクンと背中をのけぞらせ、キヨカは両目をギュッとつむる。しばらく動かなかったが、ゆっくりと目を開けると、掴んでいた俺の腕にやや強めの握力を加えてきた。

　そのまま促されるように俺はキヨカの膣穴から指を引き抜いていく。下着の中からも手を抜くと、そこにはキヨカの愛液がべっとりと付着していた。

「はぁ、はぁ……。もう……こっちはずっと恥ずかしいんだからね……？」

「ごめんごめん。キヨカが可愛かったからつい……」

「もう……」

仰向けで寝転ぶキヨカの股下へと移動し、俺は下着を下ろした。怒張しきった肉棒が露わになり、キヨカは両目を見開く。

彼女の視線を受けながら、俺の肉棒はドクンと強く脈を打っていた。血管もはっきりと浮き出ており、目の前のメスに欲情しているのがまったく隠せていない。

俺はキヨカの両足を掴むと左右に開き、肉棒を下着に付着させた。

「だ……だめ！　ヴィル、それはだめだからね……!?」

女性器を包み隠す一枚の薄布。これを今すぐ剥ぎ取って、その奥にある穴に肉棒を挿入したい。オスの欲望をねじこみたい。キヨカという魅力的な女を俺のものにしたい。犯したい。

そうした感情を肉棒に伝わらせ、俺はゆっくりとした動きで腰を前後に動かし、下着越しに肉棒でキヨカの性器を擦る。

「……ちょっとだけでも？」

「だめって言っているでしょ……！　庶民ならともかく、武家の女は結婚するまでそういうことは禁じられているんだから……！」

そう。これが理由で、今日までキヨカとは肉体関係を持つことができなかった。

キスや激しめのスキンシップまではいいのに、性交は絶対に許してくれないのだ。

ここまできたら、身体を許しているようなものだと思うんだけど……キヨカの中ではハッキリとした線引きがあるようだ。

（武家全部がお堅いわけではないんだろうけど……キヨカの家は名家に数えられているもんなぁ……）

武家で名家と呼ばれる基準は、その家が何代続いているかだ。ただ長いだけの家柄なら意味をなさないだろうけど、皇国でそうした武家はほぼ例外なく高名（こうめい）な武人を輩出している。

皇国は帝国と比べると国土も狭く貴族も少ないが、気質的に真面目で優秀な者が多いのだ。

（この続きはキヨカと結婚するまでお預けか……）

俺自身は皇国人として生きていくつもりだし、この地で所帯を持ちたいという希望もある。キヨカを妻に迎えたいとも思う。

だが、そのために足りていないものが武功と金だ。キヨカを娶（めと）るには平民出身の武人では家格が釣り合わないのだ。

皇国は帝国ほど身分制度にうるさくはないが、それでも存在しないわけではない。それに皇族家系を含め、高位身分者に対してはある意味で帝国よりも厳しい。

また名家育ちのお嬢様を稼ぎが少ない男が娶るというのは、なんというか格好がつかない。キヨカも「嫁の引き取り手がないから、庶民出の武人に嫁いだのだ」と、変な噂を流されるかも知れない。

プライドの問題といえばそれまでだが、とにかくお互い成人しているとはいえ、今すぐに結婚できる状況ではないのだ。

「はぁ……」

未練がましく肉棒を下着越しの女性器に擦りつけていると、キヨカが小さく笑いながら上体を起こした。

「そんなみっともない声を出さないでよ。ほら、ヴィル……いつものように口でしてあげるから……」

そう言うと今度はキヨカが俺を押し倒す。仰向けに寝転がったところで、キヨカは俺の肉棒を握りしめた。そのまま大きく口を開くと、ゆっくりと咥えこんでいく。

「う……」

肉棒がキヨカの口内に包まれる。彼女の熱い舌が敏感な部分に触れ、ねっとりと絡みついてきた。

「んむぅ……ん、ちゅぷ……」

キヨカは口をすぼめ、やや強めに唇で肉棒を締めてくる。同時にその舌先で尿道口をほじくるように責めてきた。

「くぁ……！」

慣れない刺激に思わず腰がビクリと震えてしまう。そんな俺の反応が面白いのか、キヨカは頬を染めながらも積極的に舌を動かしてきた。

（これは……かなりやばい、な……！）

　キヨカと肉体関係がないとはいえ、これまでお互いにこうしたスキンシップは行ってきていた。その度に彼女は口でしてくれているのだが、初めこそとまどっていたものの、今では俺の肉棒の扱いも慣れたものだった。

　亀頭でキヨカの舌が与えてくる快楽に集中していたが、ここでキヨカは深く肉棒を咥えこんでくる。そして親指と中指で輪を作ると、肉棒の根元を掴んできた。しっかりと力もこもっており、剥き出しの亀頭がキヨカの口内で固定される。

「ん……じゅる、んむぅぅ……」

「ぁ……っ⁉」

　この状態でキヨカは顔を上下させつつ、激しく舌を動かしてきた。うごめく熱い舌が裏スジを撫で、カリ裏をねっとりとなぞってくる。

　全方位から襲いかかってくる刺激と快楽に、俺は何度も腰をくねらせていた。彼女の狭い口内では肉棒が絶え間なくビクついている。

（か、回数を重ねる度に……うまくなっている……！）

　毎度毎度、前回の口淫を超えてくるのだ。キヨカは皇国人らしく真面目な気質の持ち主だが、それがこっちの方向にも働いているのかも知れない。

元々キヨカの身体をまさぐって興奮していたこともあり、俺の肉棒は早く果てたくてたまらないとばかりにビクンとひときわ大きく跳ねた。キヨカもいよいよその時が近いと感じ取ったのだろう。吸引しつつ、唾液で濡れた舌を亀頭に絡め、擦り合わせてくる。

時折上目遣いで俺の表情を見てくるのだが、それがまたなんとも言えない妖艶な目をしていた。その瞳に見入っていたのも一瞬のこと。俺の意識はすぐに限界を迎えようとする肉棒へと向かう。

熱いキヨカの口内で剥き出しになっている亀頭は、常に彼女の舌による責めを受け続けていた。逃げ場のない快楽にとうとう降参したのか、狭い口内で肉棒が激しい痙攣(けいれん)を起こす。熱い塊が震える肉棒を伝い、尿道口へと向かっていく。

「くぁ……！」

そしてそのまま彼女の口内で、なんの遠慮もなくオスの欲望を吐き出した。

「んむっ!?　ん、んんんん……っ！　ん、ぐぅ……っ!?」

とてつもない快楽が肉棒を支配する。肉棒はキヨカの口内で跳ね回り、その度に粘度の濃い欲望をぶちまけていた。

キヨカは喉奥まで咥えこむと、暴れる肉棒をしっかりと押さえつける。そして喉を鳴らしながら俺の吐き出した欲望を飲み込んでくれた。

「んくぅ……ん、んぐ……」

キヨカが俺の肉棒を咥え、子種を飲み込んでくれているという光景に征服欲が満たされる。そんな彼女が愛おしくて、俺はそっと頭を撫でた。

その間もキヨカはずっと放出される俺の精を飲み込んでいる。さらに射精を促すように、舌先で裏スジを撫で、強めに吸引してきた。

快感の絶頂を迎えている肉棒にこの刺激はかなり効く。長い長い射精が続くが、肉棒の動きが落ち着いてからもキヨカは解放することなく、俺の亀頭を労わるように優しく舌を絡ませてきた。

「く……」

思う存分にキヨカの口内に欲望を吐き出し終え、ようやく肉棒が少し柔らかくなったか……というタイミングで彼女はゆっくりと顔を離していく。

「ん……ん、はぁ……」

久しぶりに外気に肉棒が触れ、ひんやりとした感触が襲いかかってきた。これまで熱を持っていただけあり、この冷気がとても心地よく感じる。

肉棒はキヨカの唾液でしっかりと濡れていたが、吐き出したはずの精はどこにも付着していなかった。尿道に残っていた分までキヨカに搾り取られたようだ。

そんな肉棒と俺の顔を見てキヨカは小さく笑った。

「ふふ……ヴィルのおちんぽ。満足できたみたいね？」

「あ……ああ……。ものすごく……気持ちよかった……」

キヨカが服の乱れを直し始めたのを見て、俺も半脱ぎとなった服を正していく。

「なぁキヨカ……。俺、皇国の武人として名を上げてみせるよ。だから……それまで待っていてほしい」

彼女を誰にも渡したくない。そんな独占欲がそのまま口から出たが、彼女は俺の正面までくると背中に腕を回して抱きしめてきた。

「私もヴィル以外の男性にこういう姿は見せたくないわ。だからがんばってくれるのはうれしいけど……きっとヴィルなら、もっと大きくなれると思う」

「もっと大きく……？」

「うん。それこそ私だけではなく、何人もの貴人を娶れるような……そんな存在に」

皇国の貴人の一部は複数の妻を娶っている。帝国同様に一夫多妻が珍しいわけではないが、それでもお互いの家の格はついてくるものだ。

例えば1人は名家の生まれなのに、もう1人の妻が庶民であれば、どちらにとってもよくない噂が立ちかねない。

家柄だけで婚姻関係となったが、本当に好きなのは庶民の方だ……なんて陰口を叩かれるかも知れないし、庶民の方は性処理要員で側に置いている、なんてことを言われる可能性もある。

そのため第三者から見ても分かりやすい理由でもない限り、複数の妻を娶る際には家格も意識したものになりがちなのだ。

キヨカを娶り、さらに同格の名家の娘を娶るような未来は、とてもではないが想像できなかった。

「買いかぶりすぎだよ」

「あら。それくらいの気持ちと目標意識で日々を過ごしてくれないと、私を妻にするなんて夢のまた夢よ？　私、お高い女なんですからね」

……なるほど。言われてみればそうかも知れない。

キヨカを妻に迎えるつもりでがんばる……というより、キヨカのような貴人を複数人娶れる武人になる、という気持ちで臨んだ方が、望む未来を手繰り寄せられるかも知れないな……。

「……分かったよ。庶民出の武人だけど……明日からはその意識で任務に邁進していく」

「ふふ……期待しているわよ、ヴィル」

抱きついているキヨカの頭を撫で、顔を上げさせる。そしてそっとお互いの唇を触れ合わせたのだった。

第二章　帝国の内乱

「ふぁ……よく寝た……。賊討伐に夜の運動と、結構体力を使ったからなぁ……」

翌日、俺は理心館内に借りている自室で目を覚ました。昨日はなんとか怪しまれない時間帯に戻り、そのまますぐに寝たのだ。

「今日の予定は……武塾で講師か。なんで武人なのに、教師としての仕事まであるんだか……」

皇国で武人として暮らすようになってから、間違いないと断言できることがある。それはこの国の貴族は、帝国の貴族よりも忙しいということだ。

血筋に関係なく貴人として扱われるのは、条件を満たして武人と認められた者だけである。だがこの武人が本当に忙しいのだ。

賊討伐や町の治安維持、時には町人の話を聞いてなんでも屋みたいなこともする。皇国軍に入る武人も多いが、そっちもそっちで朝から晩まで鍛錬を積んでいる時もある。

また剣の腕が鈍ったり、武人として不適切な行動をしたと判断されれば、即その地位を失うことになる。そのため日頃の鍛錬は欠かせないし、仕事をサボるわけにもいかないのだ。

そんなわけで俺は仕事のため、武塾へと向かった。

武塾とは、武家の子や刻印に目覚め、将来武人を志す平民の子たちに教育を施す場だ。教師役には様々な役職の者が、科目内容に合わせて適宜配置される。

武人はだいたい簡単な鍛錬や刻印術の扱いに関する教師役を任されるのだが、なぜか俺は一般教養の教師も任されていた。

まぁ元々皇宮暮らしの時に、高度な教育を受けていたからな。好きではないが、座学自体は慣れている。上も講師として適性があると判断しているのだろう。

「では始めるぞー」

「あー、隻眼の武人さんだぁ！」

「本当に目が青いー」

皇国人は髪色や目が黒や茶色、紺色の者が多い。もちろん全員がそうというわけではないのだが、それでも俺の目の色は目立っていた。

その上、右目には眼帯をしているので、俺のことはわりと知られている。まぁ有名人でもあるキリムネ師匠の弟子でもあるからな。

「ほら静かにー」

さっそく授業を進めていく。しかし……刻印に目覚めるという条件があるとは言え、この国では平民もこうして高度な教育を受けることができる。

皇国人は真面目で強い武人が多いと評判だが……実際にこうして暮らしてみると、どこか納得もできるな。そんな感想を抱きつつ休憩を挟み、授業をさらに続けていく。

「ここからは刻印術についてだ。ここにいるということは、全員刻印は現れているな?」

「はい!」

「俺は左胸にあるぜ!」

「わたしは首のうしろー」

ちなみに俺の刻印は右の瞳に刻まれている。中々例のない場所なので、普段は眼帯で隠しているのだ。

しかしまさか、子供の頃に皇宮で習ったことを、こうして教える側になる日がくるなんてな……。

刻印についてはあれからさらに詳しい知識を得た。皇国にもそうした資料や文献はいくらでもあったからな。今の俺ならより丁寧に教えることができるはずだ。

「そもそもどうして刻印が現れる者と現れない者がいるのか、知っているか?」

「はい。幻皇グノケインの血を引いているかどうか。また血の濃さで身に宿る神秘に差が生まれます」

「その通りだ。よく勉強しているな」

答えたのは武家生まれの者だった。家でしっかりと教育を受けているのだろう。

伝説で語られるような大昔、この大陸には魔獣が蔓延(はびこ)っていたと言われている。人間はそうした魔獣たちから隠れるようにしてひっそりと生きていたが、それを見た女神が人を憐れんで数滴の涙を流した。

涙が落ちた土地周辺には魔獣が近寄らなくなり、人はその地で生活を始める。だが強力な魔獣は時に人の生活圏内に入りこみ、数多(あまた)の命を奪った。

そんな時代に現れたのが、幻皇グノケインだ。グノケインは女神の託宣(たくせん)を受け、大陸を横断して涙が落ちた地を回った。

「グノケインとはどういう人物であり、何を成した者かは分かるか？」

「はーい！　グノケインは女神より刻印を与えられた、最初の人間でー！　各国の貴族たちに刻印の力を伝えたのー！」

「よく知っていたな。少し補足しようか」

元気よく答えた女の子も武家出身の子だ。まぁこの辺りの話は貴族ならともかく、平民だとどこの国もそう習うことはないからな。

グノケインは女神より刻印を授かり、そして各地を回って危険な魔獣を排除していった。また伝説によると、グノケインの子を望んだ女性は彼と目を合わせるだけで妊娠したという。

いや、どんな能力なんだ⁉　しかし創世神話には確かにそう記載されている。

とにかくそうしてグノケインは各地で多くの子を成した。そして生まれてきた子もグノケインと同じく、刻印の力があった。

　そうして女神が涙を落とした地には大きな国ができ、刻印を持つ者たちは貴族として国をまとめあげていくことになる。

「刻印が刻まれる場所やその能力には個人差がある。と言っても9割以上の者は身体能力の強化向上だけどな。中には刻印が現れても何の力もない者もいるし、貴族でも刻印に目覚めない者もいる」

　グノケインの血……要するに貴族の血を引いていれば、だいたい8歳から10歳の時に刻印に目覚める。

　だがどのような能力なのか、またどの程度の強さなのかは人それぞれ。そして下位貴族や平民との間に生まれた子は、そもそも発現しないことも珍しくない。

　そのため各国の貴族たちは、婚姻先を調整して今日まで刻印を残してきた。特に王族や高位貴族は、大陸で最も血統をコントロールされてきた一族だろう。

　それは俺とて例外ではない。……そのわりにそんな大した能力は発現しなかったのだが。

「他にも目覚める力には、国や場所によって傾向も違うと言われているな。アマツキ皇国では特に優れた身体能力強化の刻印術に目覚める者が多い」

　これもこの国の武人が強いと言われている所以だ。マサオミは両腕に衝撃や斬撃、熱にも耐えられるくらいの優れた防御能力を持たせられるし、キヨカは動体視力を跳ね上げさせることができる。

　その状態のキヨカとは接近戦がかなりやりづらい。こちらの攻撃がことごとく見切られるからな。

「俺は腕力が上がるぜ！」

「わたしは足が速くなるよー」

「先生。俺は刀身に炎を宿らせることができます」

「おお……。そりゃちょっと珍しいな」

　刻印に目覚めた者は、刻印術を発動させることで大なり小なりいくらか身体能力が向上する。皇国人の場合は、その上でさらに身体能力の一部を飛躍的に上げられる者が多いのだ。

　そういう意味では、刀身に炎を宿らせることができる能力は珍しい。

　ちなみに俺の刻印術は、発動させると両腕が黒い手甲に覆われる。その状態では腕力も上がっており、防御性能もそれなりには高い……が、まぁ地味だな。

　正直、その程度の力の持ち主であればいくらでもいる。重さを感じないのは利点だが。

「先生の刻印はどこにあるんですか？」

「俺のは普段は見えない場所に発現しているんだ。中々人前では見せられなくてな」

「あー、分かった！　先生お尻にあるんでしょ！」

「ちんちん！　ちんちんにあるんだ！」

「ちょっと男子！　何言ってるの、やめてよ！」

「ふ……その低俗さ。しょせんは平民上がりだな」

……まぁ歴史上、そうした場所に発現した貴族も確かにいるが。もし男性器に顕現したら……夜の営みの際には明かりがいらなさそうだな。

ちなみに刻印の力を発現させると、その間刻印は淡く光り続けている。俺の場合はそうした時に右目が光ってしまうので、眼帯でそれを隠しているのだ。

何せ帝国にはヴィルガルド皇子の刻印がどのような紋様で、どこに発現していたのか記録が残っているはずだからな。わずかな確率だとしても、他国に右目に刻印を持つ男がいるという噂話が伝わるリスクは取りたくない。

これのせいで、片目での戦闘鍛錬には本当に苦労した……。おかげで攻撃の気配察知などはかなり鋭くなったが。

「先生、今度大衆浴場でちんちんの刻印を見せてよ！」

「だから違うって！　ったく……」

ちんちんで盛り上がっているのは平民ながら刻印に目覚めた子だ。武人は平民出身者も多いので、他の貴族と比較しても気軽さというか……接しやすさがあるのだろう。

「どのような紋様の刻印がどこに浮かぶのか、またどういう能力なのかは個人差があるが……目覚めた力を伸ばし、成長させていけるのは全員一緒だ。各々、剣だけでなく刻印術の鍛錬も欠かさないようにな」

「はーい！」

だいたい刻印については教えられたかな。そうこうしているうちに時間がきたので、ここで授業を終えた。

こうして俺の武人としての生活は続く。賊が出たと聞いてはマサオミやキヨカたち、それに皇国軍兵士を連れて討伐に行き、時に会場警備の任なんかも受ける。また文仕官の護衛で外の町に行ったりと、とにかく休みも少ない。

だが忙しいのは悪いことではない。仕事に忙殺されている間は、昔のことや今の帝国のことを考えずに済むからだ。それにこの多忙さは上が俺のことを、仕事を回しても問題のない武人だと評価している証左でもある。目標がある以上、与えられた任務には全力で取り組んでいくつもりである。

だから今のように時間が空いた時は、さらに腕を磨くために道場でこうして素振りを繰り返している。床には俺の汗がそこそこ溜まっていた。

「ふぅ……」

「また腕を上げたな」

「っ⁉」

遅い時間だし、道場には俺しかいないはず。驚きつつ首を回すと、そこには久しぶりに会う師匠の顔があった。

「師匠……！」

「こんな時間に明かりがついていたのでな。誰かと思ったら……ふふ。ヴィル、元気そうだな」

手ぬぐいで汗を拭きながら師匠の側まで移動する。師匠は白髪が増えていたが、目から感じ取れるその活力は今も衰えていなかった。

「どうしてこちらに……？」

「武人頭と少し話しておったのだ」

皇国には最高峰の実力を持つ４人の剣士がいる。

軍に所属していない、俺のような武人を統括する武人頭、皇族の身辺警護を行う近衛たちの長、近衛頭。そして皇国軍を統括する軍長頭と皇国第一軍の将だ。

師匠は若かりし頃、この４人を御前試合で下したことがあり、そこから【四剣崩し】の異名で呼ばれるようになった。

武人頭は理心館に住んでいるので、師匠はここに立ち寄ったらしい。

「こうして話すのはいつぶりだ……３ヶ月くらいか？」

「そのくらいですね。これまでどちらにおられたのです？」

「ああ、実は少し皇国を出ておってな。もう引退した身なのに、国はわしをいつまでも働かせようとする。やれやれ……諸国漫遊の旅をしておった時が懐かしいわ」

俺はあくまで師匠が旅の途中で保護した孤児であり、また弟子である。生まれや素性を知られないようにと、今では随分と互いに言葉遣いが変わっていた。

「武人頭に聞いたぞ。同年代の者たちと比較し、随分と活躍しておるとな。さすがはわしの最後の弟子だと褒めておったわ」

「そんな……」

師匠は国に帰ってからは、誰も弟子をとっていなかった。ちなみに今の武人頭も師匠の弟子のため、俺にとっては兄弟子にあたる。

近衛は武人として最高峰の実力があると認められた者だけがなれるが、その中にも師匠の弟子が多いと聞く。そう考えると多くの伝手を持つキリムネ師匠は、武人たちの情報にかなり通じている方だろう。

「ちょうどよい。汗を流しに銭湯へ行くぞ。その後は少し酒に付き合え」

「はは。もちろんです」

アマツキ皇国に来て驚いたことの一つ……それは貴族である武人と平民の距離が近いことだ。

武人は気軽に町に立ち寄って飯を食うし、大衆浴場で風呂にも入る。町の人たちも特にそれで構えたりはしない。帝国や他の国ではまず見られない光景だろう。

まぁ武人の中には平民上がりもいるし、本当に気を使うような高位の武人はあまり表に出てこない。それにいつも第一線で働いているんだ。平穏な生活を守ってくれる武人に対して、平民は尊敬や好意の気持ちをもってくれている。

皇国の貴族の中には武人の他に、文官や一部上級文仕官もいる。そうした家系の者の方が、俺のイメージする貴族に近いと言えるな。

そんなわけで、俺は師匠と一緒に大衆浴場で汗を流して料亭に来ていた。完全個室であり、中々高そうな店だ。

出てくる料理も店の雰囲気に合ったもので、何を食べてもとても美味しかった。

「そう言えば俺がまだあっちにいた頃におっしゃってましたね。皇国は魚と酒の美味い国だと」

「そうだったかな？　実際美味いだろう」

そう言いながらニヤリと笑みを浮かべる。最初は生魚なんて……と、思っていたのだが、今では俺も皇国の料理がとても舌に合うようになっていた。

「こうして2人で食事をとるのも随分と久しぶりですね」

「ああ。……ヴィルももう22か」

そう言うと何かを思い出すように、師匠は両目を細める。

「昔わしが言ったこと……覚えているな？」

「ええ。20歳を迎えたら、自分で生き方を選んでいい……と」

母上が守った俺の命、20才までは守る……というのは、師匠なりのケジメだったらしい。それまで俺を厳しく鍛え、身を守れる強さを備えさせるというのも。

一方で俺自身は帝国生まれの貴族である。それにあの日……母上は俺と一緒に、生まれ故郷であるリンゼント領に行こうとしていた。皇宮にいては危険だと分かっていたからだろう。もし帝国が気になるなら……そして母の実家を訪ねたいのなら。何をするにせよ、20才を超えてからだと俺は言われていた。

「元々筋がいいというのもあったが、ヴィルは本当に強くなった。今ならちょっとした賊の集団くらい、1人で片付けられるだろう。本気を出せば、皇国の高位武人とも互角に渡り合える実力はある」

「そんな……」

さすがにそれは買いかぶりが過ぎる。俺とて長く武人として過ごしてきたんだ、上の者たちの実力はよく分かっている。

「その右目……うかつに外せないのが残念でならん」

「…………」

確かに片目によるハンデはあるが……これは仕方がない。俺が皇国の武人として生きるためには絶対に外せないものだからな。

「2年前、お前はまだ自分がどうしたいのか分からない、それを判断できる情報もないと言っていたな。今はどうだ？」

「……判断できる情報がないのは相変わらずですが。どうしたいか……という部分については、見えてきたものがあります」

「ほう？」

師匠は興味を持った視線を隠さず、酒の入った杯を飲み干す。俺はそれに新たな酒を注ぎながら口を開いた。

「皇国の武人として生きていけたら……と、思っています」

「……ゼルトリーク帝国に対し、思うところはないと？」

「そりゃありますよ。今でも母上の命を奪ったことは許せないし、あの時何の力も持っていなかった自分も憎い。怒りや憎悪なんてものは常に心の中にくすぶっています。でも……俺がこの国でこうして生きていけるのは、師匠や武人として切磋琢磨してきた仲間たちのおかげでもあります。帝国は自分の生まれた国だという気持ちもありますが……こうして時間とともに憎悪を薄れさせていき、皇国の武人として過ごしていく。誰からみてもそれが一番いいんでしょう」

だからこれからも眼帯は外さず、俺はヴィルとして生きていくのだ。

眼帯はこの先何があっても、そしてどんな強敵とぶつかっても……たとえ死のうとも外さない。死ねば刻印は消えるし、ヴィルガルドという皇族が皇国に存在していた事実は消えるのだ。

(俺の生存が明らかになって、この国と師匠を厄介ごとに巻き込むわけにはいかないもんな)

今日まで過ごしてきた時間もあり、俺はアマツキ皇国が大切な場所だと思えるようになった。

この国は帝国と事を構えていないし、忙しいけど武人としてずっとこうして生きていけるはずだ。

(…………)

ふと心に暗い予感が走る。皇宮で過ごしていた時も、俺は毎日同じ1日が過ごせると思っていた。だが現実はそうはいかなかったのだ。

しかしあの時とは事情も環境も違う。それにこうして武人として生きていくための力もある。

「皇都にいたら、あまり外の情報は入ってこないだろう。……何も知らずに自分の生き方を決めるのは酷なことだ。わしが皇都に戻るまで何を見て聞いてきたか、それを聞かせてやる」

もしかしたら俺が「自分の生き方を決めるのに、判断できる情報がない」と言ったのを気にしたのかも知れない。師匠は今の大陸がどうなっているのかを話してくれた。

「ゼルトリーク帝国は今、大きく3つに割れておる。そこまでは聞いたことがあっても、内情までは知るまい?」

「ええ……。新皇帝とそれを認めない貴族たちによる内乱、という印象です」

「うむ。それに加え、兵士崩れや他国の犯罪者が集まった勢力が存在している」

10年前、時の皇帝……俺の父は戦争中だったある国と和睦を結んだらしい。だがその実態は、負けそうだった帝国が賠償金を支払ったというもので、事実上の敗戦だった。

まさか帝国が負けていたと思っていなかった俺は、両目を大きく見開く。

「そうなのですか……⁉」

「ああ。あの時の帝国は、いろいろ敵を作っておったからの」

帝国が戦っていた国の名はフェルローグ王国。ローグ島という島に築かれた国だ。

島国だけあり、フェルローグ王国は海軍戦力が非常に発達した国だった。造船技術も進んでおり、特に海戦では敵なしの強さを誇っていたらしい。

その島に侵攻を開始した帝国だったが、上陸すらままならなかった。そして海戦で多くの兵力を失ったタイミングで、今度は逆にフェルローグ王国が大陸に乗り込んで来たらしい。

その時に帝国は有力貴族から多くの死者を出した。しかもフェルローグ王国に、大陸における橋頭堡(きょうとうほ)を築かれてしまったのだ。その地を起点に、帝国領へ侵攻してくることは明らかである。

これに焦った帝国政府は、フェルローグ王国に対し和睦を提案した。

元々フェルローグ王国も島国だけあり、海軍戦力は強くとも陸戦戦力はそこまで抱えていない。大陸を蹂躙するにせよすぐには難しいという面もある。話し合いの余地はあった。

だが帝国としては奪われた土地を返してもらいたいし、大陸に橋頭堡を築かれたままではフェルローグ王国の脅威はなくならない。フェルローグ王国もそれが分かっているので、手放すにせよ高く売りつけたい。

その結果、帝国は多額の賠償金に一部の権利に加え、皇族の姫を嫁がせることになった。

「この時に嫁いでいった姫というのが、今の皇帝の妹なのだ」

「現皇帝の……妹……!?」

この賠償金の影響で、帝国は他国と戦争をしている場合ではなくなった。それにフェルローグ王国に侵攻された領地の立て直しと補償もある。

そうして元々ガタガタだった財政はさらに圧迫され、民には重税が課されることになった。

こうなると苦しいのは民たちだけではない。その地を治める領主もだ。

しかし高位貴族……特に帝都住まいの中央貴族は、今の生活を維持したい。加えて財政という国としての体力が落ちている今、地方の領主に大きな力を持たれたくない。

俺が皇宮に住んでいた時、既に中央と地方で貴族の分断が進んでおり、権力争いの綱引きが行われていた。

特に広大な領地といくつもの町を治める大領主は、中央で権力を握る貴族たちと対立関係が進みつつあったのだとか。

「そしてとうとう、1人の皇子が動き出したのだ。彼は特定の領主……戦争の影響が少なく領地経営も比較的うまくいっている大領主たちに対し、共に国難に立ち向かうための増税を求めた。お前たちが儲けていられるのは、他の貴族が血と汗を流しているからだ。負担は平等でなくてはならない……と」

「それは……」

難しい……な。帝国を維持するため、祖国の危機を共に乗り越えようと言うのは、確かに聞こえはいいが……領主たちも自領の民たちの生活を背負っている。

国を優先するか、自領を優先するか。決してそれだけの話ではないだろうが、全員が納得するとも思えない。

「領主たちにも言い分はあった。そもそもこれまでも十分税を払ってきたし、ここまで増税が必要になったのは中央貴族の落ち度ではないか、と」

中央貴族と言ってはいるが、実態は皇族批判だろう。そして今の皇族は、果たして本当に帝国の皇帝位を戴くのに相応しいのか、という世論形成に動き始めた者がいたらしい。

これに焦った……あるいは憤慨したのは、皇子を始めとした中央貴族、そしてそれらと繋がりの深い領主たちだった。

だが当時皇帝だった父は大領主たちの言い分ももっともだと認め、懐柔策を検討していたらしい。

「そしてその時、皇帝は病死した」

「…………」

そのタイミングでの病死……か。

「次の皇帝だが、多くの貴族や騎士団から支持を受け、先の皇子が皇帝位に就いた。大領主たちの力を削ごうと考えていた者が……だ。皇帝となった彼はさっそく一部の領主たちに増税を課す。そして……」

「ふざけるな……と、内乱に発展していったのですね」

師匠はうなずきを返す。要するに地方貴族と中央貴族の対立だ。

新皇帝は税を納めない反抗的な、ある領主に対し、反逆罪を科す検討を始めた。ここまでやれば皇帝は本気なのだと、周りの領主たちも理解するだろうという考えがあったらしい。

「ところが領主たちの何人かは同盟を結び、帝国に真っ向から立ち向かうことを決めた」

「……リンゼント領は、皇帝に対し叛旗を翻した領地の1つだったのですね。だからあの時……」

「そうだ。皇宮にいた皇子たちの中には、その血筋から殺すわけにはいかない者が多い。新たな皇帝にとっても使い道は多いからな。一方で明確に反逆を企てた者の血筋は、決して許すわけにはいかない」

そしてあの日、俺と母上は襲撃されたのか。大領主たちも自分たちの利権を守るため、また納めている税で中央貴族がのうのうと暮らしているのが許せなかったのだろう。

しかし気になる点もある。

「それだと帝国は二分していますよね？　あとの一つは？」

「ある意味でそれこそが、この大陸から孤児や難民、また賊に身をやつす者たちがいなくならない原因と言える」

「大陸の治安が乱れ続ける原因、ということですか？」

「そうだ。ただでさえ国の経営が難しかった時に、内乱が起こったのだ。その影響は民にももちろんある」

帝国は精強な騎士団を抱えている。領主たちも兵力を持ってはいるが、職業軍人の数は多いとは言えない。

そして大陸で最大の版図を広げる帝国の乱れは、他国にとっては利益を得るチャンスになった。

国境を接する国で友好的な国家は少なかったが、彼らはあの手この手で介入してきたのだ。

ある国は中央に「前の皇帝のせいで我が国は苦労しましたが、新皇帝であるあなたは違うでしょう？　援助するので、これからは友好関係を構築していきましょう」と言う。

また別の国は領主連合に「援助するので、共に今の皇帝を討ち倒しましょう。その代わり我が国の姫と皇族を嫁がせ、次の皇帝にはその夫を就かせる。これを機に両国の関係を前に進ませていきましょう」と話す。

さらに他の国は「これだけごたついているのなら、今なら簡単に領土を奪えるのではないか」と進軍を開始した。

その結果、広大な国土を有していた帝国はさらに分断されていく。

北部は領主連合が、南部は皇帝が支配する。その一方で、西部には隣国の侵略軍がどんどん入り込んできていた。

特に混乱のひどかったのがこの帝国西部だ。他国の軍は村々を容赦なく略奪していくし、領主一族を始めとした貴族は女や子供でも構わず殺していく。しかもここで、とある傭兵団が思いがけない行動をとった。

「傭兵団……ですか……？」

「そうだ。その傭兵団は全員が刻印持ちでな。当時他国の侵略軍と一緒に帝国領に押し寄せてきたが、暴れるだけ暴れたら急に雇い主を裏切ったのだ」

「傭兵が雇い主を裏切る？　雇い主って……他国の騎士団ですよね……？」

これまで一緒に戦っていた侵略軍を襲撃し、武具と食料を奪う。そして刻印を持つ騎士を殺していった。

残ったのは領主のいなくなった土地と、力を持たない兵士たちだ。その傭兵団はそのまま帝国西部に居座り、今も四方八方で略奪を繰り返しているらしい。

「貴族の娘や子供をさらっては親に金を出させているようだ。統治らしい統治も行っておらず、領地は荒れ放題になっていると聞く」

「そんなことに……!?　しかし統治が進まなくては、自分たちが生きていくための金や食糧をそろえるのも難しいのでは……？」

それに帝国に侵攻していた国は、その傭兵団に裏切られたのだ、黙っているとも思えない。

「くわしいことは分からんが、傭兵団は初めから帝国領内で裏切るつもりだったのではないかと言われておる」

「どういうことです……？」

「今ではその地に、至るところから訳アリの犯罪者たちが集うようになっておるのだが……ある犯罪者は傭兵団を雇っていた国の王女をさらって、傭兵団の下へ行ったと聞く」

「…………！　それは……」

師匠いわく、どこまで本当の話かは分からないとのことだ。

だが傭兵団はあらかじめ自分の部隊を雇い主である国に残しておき、裏切りを合図に王族をさらわせ、そのまま団長の下へ合流しに行ったのではないか……という話もあるらしい。

「この話が本当だった場合……王女はまぁ人質だろうな。もっとも、そのさらわれた王女も無事だとは思えんが」

そうして帝国西部は傭兵団をトップとする、無秩序な国ができあがったらしい。

だが無秩序ながら、その実力は確かである。領主連合も皇帝陣営も下手につついて被害を受けたくない。もし戦いに敗れて戦力のバランスが崩れたりすれば、敵がいつ攻めてくるか分からないのだ。

こうしてかつて広大な支配地域を有していた帝国は、３つに分かれて今も争い続けている。特に西部に犯罪者が多く集まるようになり、またその犯罪者が盗賊として様々なところへ出稼ぎに行くため、帝国の治安は乱れ続けているらしい。

「賊はいくら討伐しても、次から次へと出てくるからの。こんな世の中じゃなおさらだ」

「…………」

アマツキ皇国は他に比べると、かなり平穏に暮らしている国だったんだな。

ここは帝国から見ると南東に位置している。東は海に面しているし、北部や南部には山脈が走っている。そのため皇国から見ると、北西部にある平野で帝国と面している形だ。

元々帝国と皇国の間には、別の国が存在していた。しかしその国も父が皇帝だった時代に帝国の侵攻を受け、そのままゼルトリーク帝国の領地となった。

皇国は帝国が隣国になったため、多少は親交もあったらしいが、内乱が起こってからほとんど親交はないと聞いている。

「師匠は……上から頼まれて、大陸の情勢を探っていたのですか？」

「そうだ。皇国人で国の外に出たがる者は珍しい。わしはその点で変わり者扱いではあるが……大陸を歩くのに最も慣れた皇国人だからな」

そうなんだよな。治安がいいからか、それとも飯が美味いからか。あるいは皇族への忠義が厚いのか。皇国人はあまり自国から出たがらないのだ。

もちろん全員がそうというわけではないし、師匠の弟子の中にも剣の修行で大陸を回っている者もいると聞く。

それに皇国人自体、別に閉鎖的というわけでもない。それは俺への態度からも明らかだ。

まぁ単純に住み慣れた地を離れてまで、国外に求めるものが少ないんだろうな。

「どうだ？　今の帝国の話を聞いて」

「……と、言われましてもね。まぁ思うことがないわけではありませんが」

荒れに荒れたかつての生まれ故郷……か。気になる者は多い。

弟妹、母上と俺を殺す指示を出した今の皇帝、母上の父であるリンゼント領主、帝国西部で好き勝手している犯罪者たち。そして皇国に来るまでの旅で知り合った民たち。

これらに対して抱いている感情は、とても一言では言い表せない。憎悪、哀愁、焦燥、友愛……いろんな感情が混ざっているのだ。とにかく帝国にはいい思い出もつらい思い出も多い。

しかし、それは皇子ヴィルガルドの持つ感情であり、皇国の武人ヴィルとしてはどうしても持て余してしまう。そう感じるのは、俺がこの国の民として馴染んできたからだろう。

「この国から出て修行の旅をしようだとか、リンゼント領に行こうとか。ましてや帝都に行って皇帝に一言物申す……なんてこともやろうとは思いません」

いや、皇帝に対して恨みはないわけではない。やろうと思わないと言うより、その手段がないと言った方が正しいか。

「答えは変わりません。俺はこの国の武人として生きていく。それだけです」

それでいいですよね……母上。

母上はあの日に亡くなり、俺は弔うこともできずに師匠と国を出た。俺をかばって死んだ母上の顔は今でもはっきりと思い出せる。

妄想かも知れない、あるいは俺の願望かも知れない。それでも俺の中の母上は、自分の仇を討てとは言わないのだ。

母上の命を奪われたことを悔しく思わないわけではないが、こうして俺が生き続けることで、あの日の母上の目的は果たせたのだと思っている。

俺の言葉を聞いた師匠は、そうか……と、一度目を閉じた。

「ヴィル自身が考え、導き出した答えだ。ならこの国に連れてきた者の責任として、最後まで面倒をみてやるとするかな」

「師匠……」

「お前の母君……リグライゼ様との約束でもある」

「そう言えば師匠は、旅の途中で母上と知り合ったのですよね？　どういう経緯で出会ったのです？　母上も高位貴族の娘、中々会える機会もないと思うのですが……」

この辺りの経緯はざっくりとしか聞いたことがない。師匠は懐かしむように視線を上に向けた。

「なら少し、その辺りの話を聞かせてやろうか。あれはわしが四剣崩しと呼ばれ、皇国にいづらくなってきた時だった……」

それからの時間は師匠と長く話し、久しぶりにゆっくりとした時間を過ごせた。俺と出会う前の師匠や、まだ父に嫁ぐ前の母上の話が聞けたのも興味深かった。

師匠が母上と出会ったのは、まだ母上が10代の時で、領内の視察に町を巡っていた時に知り合ったのだとか。

たまたま滞在していた町で騒ぎが起こり、その解決に師匠が力を貸した時に縁ができたらしい。数ヶ月ほどではあるが、師匠自身もリンゼント領で暮らしていたのだとか。

母上が皇帝に嫁ぐために帝都へ向かう少し前まで共に領内を回った時期もあったとのことだった。

俺が生まれる前の話ということもあり、とても面白かった。ここ数ヶ月で一番充実した夕食を過ごせたと思う。

そして、自分の口から決意表明を行ったことで、俺の中でより強い覚悟……この国の武人として生きていくのだという覚悟が定まったのを感じた。

第三章　久しぶりの再会と皇族の姫

師匠はしばらく皇都にいるとのことだった。次の日からはまた武人としての日常が始まる。

そして数日が過ぎた時だった。その日、理心館には朝から俺に客が来ていた。

「ヴィルだな？」

「はい」

誰だこの男……初めて見る武人だ。というか、この人、若いけどかなりの使い手だな。

「ふん……初対面でいきなり探るような目を向けてくるとはな」

「いや、これは……失礼しました」

そんなに探るような感じが出ていたかな……？

しかしその実力を計ろうと考えたのは事実だ。俺にその気がなくとも、この人は探られている気配を敏感に感じ取ったのだろう。

「よい、平民上がり相手にいちいち無礼を指摘するつもりはない。俺は近衛、ヒロトだ」

「…………！」

近衛……！　皇族の身辺警護を行い、武人の中でも一部の実力者のみが就ける役職だ……！

近衛になるのは皇国武人の誉（ほまれ）と言う者もいる。武人の中でも精鋭中の精鋭が集う組織と言ってもいい。

そんな人が……俺になんの用だ……？

「俺も忙しい身だ、早速用件に入るぞ。２日後、御所の一室で会合が行われる。そこにお前も来るのだ」

「はい……？」

話が突然すぎて何も見えない。御所と言えば皇族の住居だ。武人と言えど簡単に入れる場所ではない。

そこで行われる会合など、皇族と誰かとの会合しかない。ますますもって、俺がそこに行く理由が分からない。

「俺が……御所に……？　いったいなぜ……」

「アマツキ皇国には今、外からの客人が来ている。草原の民と言えば分かるか？」

「…………!?」

分かるもなにも、皇国に来る前に関わったことがある。

「客人の１人はムガ族族長の息子、カーラーン殿だ」

「え!?　か、カーラーンさん!?」

「……どうやら本当に知り合いらしいな」

現在の帝国は西部がならず者たち、北部が領主連合、そして南部は皇帝を始めとした中央貴族たちが支配しているというのは、この間師匠に聞いた通りだ。

　では東部はどうなっているのかと言えば、大草原が広がっている。といっても東部全域ではない。本当に東の端っこくらいだが。

　そしてその草原には八つの遊牧民族が住んでおり、俺は皇国に来る前、師匠と共にムガ族という遊牧民族の世話になっていた。

「昨日カーラーン殿とキリムネ様がお会いになられてな。そこでお前の名が出たのだ。なんでも昔、世話になったそうではないか」

「え……ええ……」

「せっかく皇国まで来たのだ、久しぶりにお前に会えるように取り計らおう……と、キリムネ様がおっしゃられてな。2日後、御所にて皇族との会合があるのだが、そこでお前とカーラーン殿を会わせることになった」

　そういうことか……なんとなく見えてきた。要するに俺を、本題が始まる前の和やかな空気作りに使いたいのだろう。

　自国の武人が数年ぶりに恩人と会うのだ、和やかな雰囲気は作りやすい。

　とりあえず呼ばれた理由は分かった。そして俺に拒否権はないし、拒否する理由もない。

「分かりました。お心遣い、感謝いたします。……しかしカーラーンさんはどうして皇国に？」

草原は一応帝国領となっているが、様々な理由から領主は置かれていない。まず単純に、帝都から距離が遠過ぎるのだ。

そして本当に草と木しかない辺境なので、そもそも人が集まって町を作ろうと思うほどの魅力が少ない。

仮に町ができたとしても、帝都から遠すぎて商人も行き来しにくい。街道の整備だけでどれくらいの時間とコストがかかるかも分からない。

また遊牧民たちはどこかのんびりしており、定期的に移動する上に草原であればどこでも暮らしていけるので統治管理もしにくい。

それでいて持ち前のマイペースさから「自分たちの生活の負担にならないなら、まぁ帝国所属ということでいいよ」と考えており、特に反抗的というわけでもないのだ。

その一方で馬を育てるには適した地であり、実際彼らは馬の扱いもうまければ、育てるのもうまい。むしろ家族の一員として接している。

遊牧民たちは毎年馬を何頭か帝国に送る代わりに、何かあれば帝国が彼らを守る……そんな実にふんわりとした間柄だった。

だからこそ気になる。皇帝に対する忠誠心など皆無に等しいとはいえ、一応は帝国の所属なのだ。そんな彼らが何をしに皇国へ来ているというのか。

「それは俺の知るところではない。気になるなら本人に聞けばよい。知り合いなのだろう？」

「……分かりました」

まぁいいか。カーラーンさんに会えるのは素直に嬉しいし。気を遣ってくれた師匠と、御所での再会という場を与えてくださった皇族に感謝だな。

そして2日後。俺は御所に来ていた。

御所は帝国の皇宮や貴族の館とは印象が全然違う。とても広大な敷地に木造りの平屋が続いており、廊下も建物の中だけではなく屋外にも続いていた。

こうして中に入るのは初めてだし、なんなら皇族を直接目にするのも初めてだ。いや、例大祭の時に遠目にチラッと見えた時はあったかな。なんにせよ、めったにない機会ということもあり、自分でも少し緊張しているのが分かる。

既に皇族とカーラーンさんの話し合いは始まっているらしい。俺は両者が挨拶を終えるタイミングで部屋へ呼ばれた。

「失礼します」

通された部屋は広くはあったが、全体的に飾り気は少なく質素な作りだった。中心にはどこか神秘的な魅力を感じさせる女性が椅子に座っており、その側には3人の武人が控えている。1人はヒロトさんだ。

そしてその向かい側には、よく日に焼けた肌が特徴的な大柄な男性が座っていた。男性は俺の姿を見ると、両目を大きく見開く。

「武人ヴィルをお連れいたしました」

「ありがとう。下がっていいですよ」

女性の言葉を合図に、ここまで案内してくれた人は部屋の外へと出る。その女性は俺に視線を向けた。

「まぁ……本当に目が青いのですね。キリムネ様最後のお弟子さんだとは聞いておりましたが……」

……間違いなくこの方が、カーラーンさんと会合するという皇族だろう。俺はその場で片膝をついた。

「初めてお目にかかります。キリムネよりお聞きでしょうが、ヴィルと申します」

いや……驚いた。皇国人は美人が多いが、この方はまた別格だ……！

艶やかな長い黒髪に大きなグレーの瞳はとてもよく映えている。

肌は白く、指先まで美しさと気品を強く感じる。年下だろうし小柄ではあるが……自然と頭を下げるような、そんな不思議な魅力を備えている女性だった。

俺も元は帝国の皇族とはいえ、皇位継承権は最下位に近かった。そのため貴族たちの上に立つ皇族というよりは、皇族に従う臣下としての教育を施されてきたのだ。

それもあってか目の前の美しき姫に対し、特に違和感を覚えることなく頭を下げることができた。

「ふふ……客人の前です、頭を上げてもよろしいですよ。カーラーン様、驚きになられました？」

「ええ……。いや、本当に驚きました。ヴィル、久しぶりだ。大きくなったな」

「カーラーン様……」

　本当はさん付けで呼びたいところだったのだが、皇族の姫が様付けで呼んでいるのだ。この場で俺が馴れ馴れしい態度は取れない。

「急に呼びつけておいて、挨拶がまだでしたね。私はツキミカド・マヨ。気軽にマヨ、と呼んでくださいね」

「……マヨ様」

　ヒロトさんが注意するようにマヨ様の名を呼ぶ。まぁいくら本人がいいと言っていても、気軽に……とはいかないよな。

　カーラーンさんは本当に嬉しそうな表情で俺を見ていた。

「あれからもう8年以上は経つか……？　キリムネ殿から元気でやっていると聞いていたのだが、本当に立派になったな」

「そんな……あの時、カーラーン様たちに助けていただいたおかげです」

　草原の遊牧民たちは、基本的に温厚な人が多い。ある程度の集団をまとめるために八つの部族があるものの、部族間で対立しているという話も聞かなかった。

「はは。こうしてヴィルと会えたこと、妹……リーナが聞いたら、俺だけずるいと怒られてしまいそうだ」

「そんな……」

「あの時は2人ともまだ小さく、俺は妹だけでなく弟もできた気分だったよ」

リーナか。懐かしい。とても元気な子で、髪も短かったから最初は男の子だと思っていたんだよな。途中で実は女の子だと知って、驚いた記憶がある。

あの時はかなり幼い子だったけど、今はすごく成長しているんだろうな。

「ローバン族長はお元気ですか？」

「ああ。元気すぎて困っているくらいだ。ヴィルの話をすれば、それを肴に酒を飲む姿が目に浮かぶよ」

「ははは……」

皇国に来るまでの旅で、一番思い出に残っているのは草原での日々だ。

遊牧民たちと話し、動物たちに触れ、そして広大な大地で澄み切った夜空を見て、世界とはこれほど大きいのかと感じたのを覚えている。

（本当に……懐かしいな……）

カーラーンさんと話しながら思い出話に花を咲かせる。師匠に連れられ帝都から出た俺は、始まったばかりの内乱で慌ただしい帝国内をひっそりと回っていた。

まだ成長しきっていない身体での長旅は大きな負担となっていたが、数ヶ月かけて草原へと到着する。師匠は遊牧民にも知り合いがおり、そこでしばらく暮らすこととなった。

「あの時は帝国内において、唯一戦禍の届かない土地でしたね」

「草原には貴族が存在していないからな」

師匠も草原であれば、追手はこないと判断していた。そもそも内乱で誰もが緊張感を持っている中、遠く離れた草原にわざわざ派兵する者はいなかったのだ。

草原で旅の疲れを癒し、その間に歳の近い友人もできた。カーラーンさんの妹であるリーナもその1人だ。

草原の民たちは誰もが優れた弓の使い手で、リーナもとてもうまかった。俺も弓や狩りを教えてもらったし、動物のさばき方も習った。最初は自分で動物をさばくという行為にまったく慣れなかったのだが、あまり年齢の変わらないリーナがなんてことないような顔で血抜きや解体しているのを見て、対抗心からがんばって身に付けたのは懐かしい思い出だ。

草原では心身共にとても充実した時間を過ごせていた。だがずっと草原で暮らしていたわけではない。

長旅による疲れが取れ、俺にある程度の体力がついたタイミングで師匠は皇国行きの旅を再開した。実は帝国の東端にある草原から南に下ると、地図にはない道を通って皇国へ移動することができるのだ。

もっとも道なき道を行くこともあり、案内がなければ簡単には移動できない。それに案内があったとしても、険しい山道を越える必要があるため、体力も求められる。師匠はいつまでも帝国内に俺がいることは危険だと判断し、草原で俺が体力をつけるまで待っていたのだ。

そうして俺は草原の民に別れを告げて皇国へと旅立った。

『ヴィル、約束！　約束だよ！　絶対にまた草原に来てね！』

リーナはずっと泣いていたけど、最後は笑顔で再会を約束した。きっと今も弓を片手に、草原を駆けているのだろう。

（そういえば……草原の民はみんな身体をしっかりと鍛えていたな……。カーラーンさんもかなりの筋肉質だし……）

それに身体を鍛えた大人しか扱えないような、かなりの張力を持つ弓もあった。ああいう土地だし、日頃から鍛えるのが当たり前になっているのかも知れないけど。ほぼ全員が馬を見事に乗りこなし、弓を扱えることを思うと、遊牧民たちはかなりのポテンシャルを持っているのかも知れない。

（今思うと、あの弓もどこで作られていたんだ……？　少なくともカーラーンさんたちムガ族が一から弓を作っているところは見たことがなかった……）

カーラーンさんと話を続けつつ、そのあたりの疑問を解消すべく質問しようとしたが、ここでヒロトさんが小さく咳払いをした。時間がきたのだろう。

「……まだまだ話したいところですが、カーラーン様もマヨ様との話があるでしょうし。私はこれで下がらせてもらいます」

できればカーラーンさんが皇国を出る前に、もう一度話せたらいいけどな……。と、考えていたらマヨ様が「あら」と口を開いた。

「お二人とも、久しぶりの再会なのでしょう？　ヴィル、下がらずとも結構ですよ。あなたは武人なのだし、このまま部屋の警護をしてもらいましょう」

「え……こ、このまま……警護を……？」

「マヨ様。この場の守りは我ら近衛の仕事。それにカーラーン様との話を、ヴィルに聞かせずともよいかと」

ヒロトさんがマヨ様に苦言を呈す。

これに関しては俺もヒロトさんの意見に賛成だ。いくら武人とはいえ、わざわざ俺に聞かせる話でもないだろう。

「あら。近衛は私の警護でしょう？　私はこの部屋の警護にヴィルを置くと言ったのです」

「マヨ様……」

「いいではありませんか。久しぶりの再会でカーラーン様に喜んでいただこうと考えたのは、こちらの都合なのです。用事が済んだら部屋から追い出すなど……ヴィルを弟のようにかわいがっていたというカーラーン様からしても、あまり良い気はしないでしょう？」

チラリとカーラーンさんに視線を移す。カーラーンさんは特に動じた様子もなく、柔和な笑みを浮かべていた。

「皇国にも都合はあるでしょうし、特にそれで機嫌を損ねるということはないですよ。しかしこれから話す内容は、帝国の現状にも繋がることですから。元々帝国生まれのヴィルの意見も、もしかしたら参考になるかも知れませんね」

カーラーンさんは穏やかにそう話すが、これは俺をこの部屋に置くための方便だろう。このまま俺が部屋から出て行って、微妙な雰囲気になるのを防ぐ狙いがあると思う。

なんせ今、近衛の言葉に対してマヨ様が意見をぶつけてる状況だし。

こうしてカーラーンさんの言葉が決め手になり、俺は引き続き部屋に残ることになった。こうなってしまった以上、俺から言うことは何もない。ただの武人にすぎない俺には選択肢もないのだ。

そう考え、俺もマヨ様の後ろに控える。そしてマヨ様とカーラーンさんの話し合いが始まった。

「さて……まずは改めてになりますが、こうして面会のお時間をいただきありがとうございます」

「いえ、お気になさらず。アマツキ皇国は草原の民たちと、これまで友好的な関係を築いてきましたからね」

２人の話によると、遊牧民たちは帝国だけではなく、皇国にも馬を出していたらしい。

ただし、こちらは献上ではなく取引であり、遊牧民たちは皇国から生活用品やここでしか得られない食材や工具の類を手に入れていた。

まさか皇国とそんな取引をしていたとは……。だが思い返してみれば、確かに遊牧民たちが使っている道具の中には、明らかにあの地では作れない加工品もあった。

それに草原から皇国へ行ける道を俺と師匠に教えてくれたのも彼ら遊牧民だ。規模こそ小さいものの、両者の関係自体はたしかにあったのだろう。

「カーラーン様がこうして来られた理由。馬についてですね？」

「はい。……もしや帝国から何か通達がありましたか？」

「ええ。少し前になりますが、使者がやってきました。今後、あなたたちから馬を貰わないようにと」

やはり牧草地という環境が良いのだろう。草原で育った馬はとても質がいいらしい。

遊牧民たちは皇国に対し、１年に１頭くらいの馬を出しており、それらは皇族の預かりになっているそうだ。

だがこれに対し帝国は「その馬は本来、帝国に献上されるべきもの。許可なく奪い取ることは容認できない」と、難くせをつけてきたのだとか。

「どう返事をしたものか困っていたのですよ。……兄が、ですけど」

「皇国には各部族で育てた馬の中でも、最も立派な馬を出しておりましたからね。どこからかその話を聞いた帝国貴族の中に、気に食わないと感じた者がいたのでしょう」

　皇国に出された馬は、基本的に大事にされるらしい。時には聖域を守る聖馬として扱われることもあるそうだ。

　遊牧民たちも立派に育った馬には良い場所で暮らしてほしいし、皇国は遊牧民たちで分けられるくらいの物資をくれるので、なるべく良い馬を……と考える。

　一方で帝国はと言えば、献上した馬は基本的に有力貴族に下げ渡されており、賊の盗難にあって死んだという話もあるとのことだった。

「実は草原にも、遠いところをわざわざ使者が来まして。今後献上する馬を倍にするように、と言ってきたのです」

「まぁ……」

　カーラーンさんの話によると、使者は広い草原を駆け巡ってなんとか遊牧民たちを見つけ、帝国の要望を伝えてきたらしい。

　遊牧民たちも最初は「遠いところをようこそ」という気持ちで迎えていたのだが、その高圧的な物言いや態度からだんだん辟易(へきえき)していたそうだ。

「実はここ数年、帝国は南部も北部も本格的な衝突は起こっていないのです。互いにまずは自領の復興を優先したのでしょうね」

元々が財政難だったしなぁ……。それに西部からは賊が出張略奪に来るわけだし。だが武力衝突が小規模なものになったおかげで、軍備は整いつつあるらしい。そして財政面にも多少は余裕ができたところで、草原にも口を出してくるようになった。

「我らは国とか領土という概念は薄いのですが……帝国の願いを断ればどうなるかは承知しています。今の皇帝陛下は、苛烈な決断をされる方とも聞いておりますので」

「…………」

驚いたな……。遊牧民は基本的に草原から出ないと思っていたんだが。想像していたよりも、帝国の内情をよく理解している。

何か情報を得る手段を持っているのかも知れない。それともこの数年で、難民が草原にまで来るようになったのだろうか。

「とはいえ、いきなり倍は不可能です。そこはこれから折り合いをつけていくところですが……」

「皇国にはこれまで通りのような、馬を使った取引が難しくなる、ということですね」

なるほど……。元々金銭で売っていたわけではなく、物々交換だったのか。

これまで仕入れられていた生活用品や工具が手に入りにくくなると、いずれ遊牧民たちの生活スタイルにも影響が出てくるだろう。

「刃物類や工具類、こうした物はいつまでも使い続けられるわけではありません。しかも今の我らになくてはならないものですし、他にも同様の道具類がいくつもあります。取引ができなくなると数年先、苦労する者たちが出てくるでしょう」

そこでカーラーンさんは遊牧民の代表として、何か別の物で物々交換を続けさせてくれないか……と、交渉しに皇国まで来たわけだ。内乱の影響がこんな形で見られるとは……。

「なるほど……カーラーン様方の事情はよく分かりました。もう少し帝国が落ち着いていれば、こんな事態にならなかったのでしょうが……。ここだけの話、兄は帝国に対し良い印象を持っていないのですよ」

「マヨ様の兄君……ですか？」

「ええ。今回の件にしても、いつから我が国に注文をつけられるくらいにえらくなったのだ……と、大層お怒りでして」

その気持ちは理解できる。遊牧民はともかく、皇国は帝国の属国でもなんでもない。馬の取引で命令されるような筋合いはない。腹が立つのも分かる。

「父上は今、体調が優れませんので。この件は兄と相談させてくださいね」

「ありがとうございます」

カーラーンさんはしばらく皇都に滞在するらしい。こうして会えたのは嬉しいけど……素直に喜べないのは、やはり帝国の話が出たからだろう。

「そうだわ。ヴィルはしばらく、カーラーン様の護衛としてお貸しいたしましょう」

「は、え……？」

「ヴィル。よろしくね」

そう言うとマヨ様はニコリと俺に笑みを向ける。

マヨ様、あれだな。わりとその場の勢いで物事を決定する方なんだな。決断力があるというかなんというか。


それから俺は、カーラーンさんに貸し出された屋敷の警護を担当することになった。おかげでじっくりと話せる時間も得られたし、これもマヨ様なりの気遣いだったのだろう。

だが、そんな日々は長く続かなかった。俺に新たな命令が下ったのだ。

「オウマ領に行くことになった……？」

「そうなんです。賊の討伐が終わればまた皇都に戻ってきますが」

皇国は賊がよく流れ込んでくるが、帝国と隣接しているオウマ領に100人規模の賊が現れたらしい。

オウマ領に配置されている武人や皇国軍兵士でも対応は可能だが、こうした動きはこれまでなかったので、念のため少し武人を回してほしいと要望があった。

帝国と隣接している領地はオウマ領を含めて3つあるが、時同じくして他の2つの領地にも大規模な賊の集団が現れたらしい。

何か帝国内であったのだろうと予想が立てられており、これをできるだけ探ってくるように
……とも命令を受けていた。

皇都にいる武人も決して多いというわけではない。だが今回の事態に対応するため、また情報を集めるために武人頭はそれぞれの領地に武人を派遣することにしたのだ。

「その賊も元は食うに困った村人か、傭兵崩れだろう。……生まれた国の者と戦うのはつらいな、ヴィル」

カーラーンさんは俺に気を遣うような声色で話す。だが俺は首を横に振った。

「今の俺はこの国の武人ですから。そして武人としての日々を続けるためにも……俺は行きます」

あの時のように、平和に過ごしていた日々を奪われるのはもうごめんだ。今の俺にはその日々を守る力もある。

「……ヴィル。きみに星々の導きがあらんことを」

「ありがとうございます」

遊牧民にとって、星は自分の位置と方角を計る大切な指標だ。星々の導きがあらんことを
……というのは、無事に帰ってきてくれという願いが込められた言葉になる。

俺はマサオミ、キヨカと合流するとオウマ領を目指して皇都を出た。

◆◇◆◇◆◇

アマツキ皇国と隣接する帝国領、カルドート。

その地の領主であるマイバル・カルドートは昼間から酒を飲み、一枚の板で両手と首を拘束した女をベッドの上で乱暴に犯していた。

「ひぎぃ……！　り、領主、さまぁ……！　もう、ゆるしてぇ……」

「うるさいっ！　ブタが生意気な口をきくんじゃない！」

「あぎぃっ!?」

その女は村の視察に出た時に目についた女だった。屋敷に連れ帰ろうとしたところ、彼女の夫という男がお許しをと頭を下げてきたのが不快だったため、こうして乱暴に犯していたのだ。

女はバックで激しく突かれ、尻は何度も叩かれ真っ赤になっている。マイバルはそのでっぷりとした腹を揺らしながら、快楽を貪っていた。

「お前らがこうして生きていけているのは、全て領主である俺のおかげだというのに！　まったく、学がないブタどもはこれだから……！　ふんっ！」

「ああっ！」

この地は元々帝国ではない、別の国が治めていた土地だ。しかし10年以上前に帝国が支配し、各地には領主として帝国貴族が送られそれぞれの領地を管理している。

マイバル自身も元は帝都に住居を構える中央貴族だった。正直、辺境の領主と中央貴族、どちらがいいかは難しいところだ。

しかし領主はその土地の王である。こうしてその権力を振るえるのはやはり気持ちがいい。

「失礼します」

全身に汗を流しながら腰を振っているところに別の男が部屋に入ってきた。さっき部屋に来るように呼んだ男だ。

マイバルはそちらを見ることもなく女との行為を続ける。

「来たか、ブリスよ」

その男はマイバルが見つけた傭兵だった。刻印持ちであり、実力も確かだったため、こうして手元において使っているのだ。

「あの件はどうなっている？」

「アマツキ皇国ですね。まだ返答の使者は来ていません」

「なぁにぃ〜!?　この……！」

「あ゛っ!?　お、んん……っ！　お、おやめ、ください……っ！」

ブリスの言葉を聞き、マイバルは部屋中に響くような強さで女の尻を叩く。だが腰を振る速度は緩まなかった。

「もう30日は待ったぞ……！　ふん、これまで帝国が隣接していなかったから、生き残れていただけの小国が……！」

「……一応準備は進めていますが。本当にやられるので？」

「当然だ……！　中央の指示だからな！」

マイバルは以前、皇国に対し使者を送っていた。内容は遊牧民との取引をやめることと、帝国と商取引を進めていこうというものだ。

商取引といっても、決して対等ではない。皇国製の物は越境手数料を取るし、帝国から売る物は１の価値があるものに対し、２〜３の価格で取引しろというものである。要するに不平等な商取引を強要しているのだ。

これにはいくつか理由があった。まず純粋にその国力の差である。

国土の広さはもとより、兵数でも帝国が圧倒的に勝っているのだ。アマツキ皇国など平民戦力を合わせても、兵士数が４万人に届くかどうかといったところだ。

対して帝国には15万人を超える騎士団があるし、それとは別に領主が抱える領軍もある。強引な徴兵を領主が行えば、もっと増やすこともできる。

何より歴史が長い分、貴族の数……刻印を持つ騎士の数も多い。

もちろんその全兵力を一つの地方に固められるというわけではない。だが昔よりいくらか体制が整いつつある今、中央がその気になれば皇国を侵略することもできる。

そうした武力の差以外にも、皇国に強気な態度を取るのには帝国の都合も関係していた。

「アマツキ皇国の騎士……武人と言いましたか。相当な手練れが多いと聞きますが」

「だからこそだろぉ⁉　隣にあんなに恵まれた土地があるんだ、もし帝国に取り込めたら……！　武人どもは全員、西に送って暴れてもらおうじゃないか！」

「素直に言うことを聞きますかね？」

「聞くだろ？　皇族を人質に取ればよぉ！」

長く他国と争っていないアマツキ皇国は、それなりに豊かだ。隣接する国も1つだけ、海もあって食べ物にも恵まれている。

これまでは欲しくても手が出せない領土だったが、帝国も最近になって余裕ができてきたため、中央はここで皇国に目を付け始めた。

なんせ後ろ盾になっている国もない小国なのだ。そのくせ潤っているというのだから、財面で疲弊してきた帝国としては是が非でも欲しい。

とは言え最初の出方にはやはり慎重になる。そこでまずは様子見に、少し無茶に感じる要求を使者を通して打診した。皇国としては決して不可能ではないが、国家として呑めるかはまた別の話になる。

もしプライドを捨てて帝国の要求を飲めば、時間をかけてさらに無茶な要求を繰り返していく。いずれ皇国も堪忍袋の緒が切れる時がくるが、その時には既に疲弊しているだろう。

一方で要求を呑まずに断ってきたら。その時はいろいろ口実を作って攻め込み、強引に併合すればいい。それができるだけの準備は整えてきた。

「もう30日経ったんだ……！　中央も騎士団を回すと言ってきた！　最初はうちから犠牲を出すが、帝国政府はその補填もすると言ってきている！　ふん……辺境の領主なんてと思っていたが、いよいよ俺にもツキがきたなぁ！」

「はうっ⁉」

マイバルは女の腰に両手を回すと、しっかりと組んで女を逃さないようにと互いの性器の密着度を高める。そして腰の動きを止めた。

これに嫌な予感を覚えた女が、悲鳴に近い声を上げる。

「ひっ……⁉　ま、まさ、か……⁉　お、おやめください、中には……な、中には、出さないで……！」

「あぁん⁉　なぁんでブタ如きが領主である俺にそんな口をきいてんだぁ……？　だがお前が俺に対する忠誠と愛を口にしたら、気分によっては考えてやるぞぉ？」

そう言いながらもマイバルは両手に力を込め、女をより強く抱きしめる。

このままではまったく抵抗できず、深い位置で子種を出される。その恐怖から女は懇願するように口を開いた。

「わわ、私は、偉大な領主様のブタです……！　民に優しく寛大な領主様を心からお慕い申しております っ！　どうか、どうか……！」

「ふぅ～～～～～～。……あ？　なんだって？」

「…………………!?」

マイバルは女の膣内で自分の肉棒をビクビクと痙攣させていた。ブルリと蠢く度に、熱い精液が女の子宮内へと流れ込んでいく。

女も自分の体内で不気味に動く領主の肉棒を感じながら、今まさに自分が種付けされていることに気づくいた。

「い……いやあぁぁぁぁぁ！　ぬ、ぬい、ぬいてぇぇぇ！　お、おね、おねがい、です！　き、今日は……ほ、本当に、できちゃう日なんです……！　いや……い、いやあぁぁ……！」

「ぶっへっへ！　偉大で民に優しい、寛大な領主を心から慕っているんだろぉ!?　その俺の子種だ、元気な子を産めよ！」

「ひぃいいいぃぃぃぃぃ！」

女の膣内で射精をしながら、マイバルはブリスと会話を続けた。

「よぉし。兵士に適当な武装をさせておけ」

「……兵士なんて言っても、彼らはろくに訓練も受けていない平民がほとんどです。使いものにはなりませんよ？」

「んなもん、分かってる。それでいいんだよ、それでよぉ。ふぅ～～……。しかしせっかくの戦争だ、我が領に仕える騎士やお前にも楽しんでもらわないとなぁ？」

女は叫ぶのをやめ、過呼吸を起こしながらすすり泣いている。マイバルはそんな女に、もはや意識が向いていなかった。

「中央から騎士団が来たら、本格的に侵攻を開始する。略奪も許可する。どうせそれなりに豊かに暮らしてんだ、ちょっと荒らしても問題ないだろ」

「それは良かった。略奪が許されるかどうかは、士気にも関わりますからね」

略奪は命を懸けて得た勝者の権利であり、また敵国の国力を直接削ることにも繋がる。ブリスはこれから始まる戦いの予感を胸に、部屋をあとにした。

アマツキ皇国の統治制度は、帝国と比べると少し変わっている。

領主は教育を受けた貴族から選ばれ、世襲制ではないのだ。さらに任期が定められており、一つの領地に長くとどまることもない。

それだと領地のこともよく理解していない者が、次の領主になるのでないか。そう思っていたのだが、皇国はこれで上手く回っていた。

まず領主業務が定期的に引き継がれるため、誰が領主となってもすぐに仕事ができるように引き継ぎ資料が作られているのだ。もちろん領主に任ぜられる者は、一定以上の教育を修めている者に限られるが。

そして領主が代わっても、文仕官全員が入れ替わるわけでもない。そのため新任領主の業務を現場レベルでサポートできる者も多い。

あとは領地の1つ1つが、それほど広大ではないというのも大きいだろう。また任期制のため地元商人や村長との癒着が生まれにくいという効果もあった。これに関しては良し悪しあるとは思うが。

（まぁこれで問題なく統治できるのは、やっぱりアマツキ皇国だからだろうけど）

自国から出たがらない者が多い皇国人は、基本的に祖国愛が強い。もちろん帝国人にもあるだろうが、長く荒廃している現状を考えると、愛国心はやはり皇国人に旗が上がると思う。

要するに必要以上に権力を求める者や、自分1人だけが儲けたい者というのが少ないのだ。民から貴族に至るまで、皇族のために尽くそうという空気を強く感じる。

皇国人全員がそうではないし、中には酷い犯罪者もいる。だが全体的な気風としては、好ましいものがあった。

(どちらが良い悪いという話ではないが……。俺はやはり皇国の方がいいな)

帝国は帝国で長い歴史があるし、その広大な国土を治めるために領地や貴族制度が整えられてきた。国それぞれ事情が異なるように、統治方法も独自性があるのだ。最たる例は遊牧民かも知れない。

「オウマ領に来て2日か……。今のところ、盗賊団の動きはないよな?」

「そうね……」

俺とマサオミ、それにキヨカは幾人かの皇国軍兵士たちと一緒に、オウマ領へとやって来た。そして領主やこの地にいる武人たちと連携を取り、今は国境近くの砦に配置されてる。

オウマ領から帝国領へは、街道……と呼べるレベルではないが、簡単な道ができていた。

砦からは道が続いている様子がよく見えている。その道の周囲には草木が伸びており、視界はよくなかった。

「そう言えば他の領地でも出たのよね。大量の賊が」

「らしいな」

「これまでも皇国には賊が入り込んできていたけど、こんなに動きを見せるなんて……やっぱり帝国で何かあったのよ」

まぁそうだろうな。そもそも三つ巴の内乱なんてしているんだ。しかも西部はまともな統治者もおらず荒れに荒れ、各地に賊を送り込んでいる……なんて言われているくらいだし。

とにかく皇帝陣営でも領主連合でも、どちらでもいいからさっさと帝国を再統一してもらわないと。これじゃいつまで経っても平穏な日々はやってこない。

(まぁどちらもいい加減統一したいからこそ、しばらく大きな戦いはせずに戦力を整えてきたんだろうけど……)

しかし西に厄介者たちがいるため、雌雄を決する決戦に移ることもできない。両陣営の疲弊は、ならず者たちからすれば絶好の機会に繋がるのだ。

「どうしたよ、ヴィル。難しそうな顔してよ」

「え？　……そんな顔してたか？」

「してたしてた」

「私たちも長い付き合いじゃない。ヴィルが何か小難しいことを考えていたのなんて、お見通しよ」

なんだそりゃ。そんなに難しいことは考えてなかったけどな……。

だが確かに俺たちの付き合いは長い。同い年で共に15歳で武人になった仲だし、互いに何度も稽古をしてきた。

キヨカのことは愛しているし、マサオミはかけがえのない友人だ。皇国人で最も濃い付き合いをしてきた2人と言えるだろう。

「んでよぉ、なに考えてたんだ？　あ、マヨ様のことだろ！」

「なんでそこでマヨ様が出てくるんだ？」

「だって歴代の皇族の姫で一番美しいって評判じゃねぇか！　いいなぁ、マヨ様に会えてよぉ。なぁなぁ、どんな声だったんだよ⁉　実際のところ、その美しさはどんなもんだったんだ⁉」

「はぁ……。ヴィルをあんたと同じにしないで」

マヨ様……そんな評判だったのか……。たしかに類まれな美少女だとは思ったけど。

髪色は黒く、見入ってしまいそうな艶があった。小柄ながら出るところは出ている体型だったと思う。あんまりジロジロと見ることはできなかったけど……。

あの美貌でしかも民たちのことを考えている皇族がいる、一武人にすぎない俺にも気を遣っていただけたし。俺も皇族のために国に尽くそうと素直に思える。

なるほど、皇族の求心力こそがこの国を豊かにさせているのかも知れない。

なんとなくマヨ様のことを思い出していると、キヨカが半眼になっていた。

「……ヴィル？　もしかしてマサオミの言う通り、マヨ様のことを思い出してない……？」

「え⁉　い、いや……というかキヨカ。マヨ様と会ったことがあるのか……？」

「話したことはないけれど、近くで見たことはあるわ」

あぁ……キヨカの家は武家の中でも名家だし、仕事か何かで皇族の姿を見る機会があったのだろう。

「マヨ様、たしかに美人だもんね。どうせ男の人ってあういうお姫様って雰囲気が好きなんでしょ？」

なんとなくキヨカの声にトゲというか……ちょっと寒さみたいなものを感じる。俺は下がった気温を振り払うように咳払いをした。

「コホン……ちょっと賊のことを考えていたんだ」

「ん？　賊？」

「ああ。現れた賊はどこも１００人規模だったって話だろ？　本当にそんな規模なら、どうやってここまで来たのかな……てさ。１人が１日に必要な食べ物を１００人分……それも数日分どこからか調達しないといけないだろ？」

「ああ……なるほど」

これまで俺たちが狩ってきた賊と言えば、だいたい１人から多くても20人くらいだ。中には刻印持ちもいたが、俺たち武人の敵ではない。

しかし100人という話はこれまで聞いたことがなかった。ただの賊がそれだけの人数分、数日にわたって食糧を確保するのは大変だろう。考えられるとすれば、帝国領のどこかの村がまるまる略奪にあったか。

「案外皇国の守りが堅いから、帝国領で村を占領しているのかも知れない」

「それはありそうだなぁ。ああ、だから噂の賊どもはここに姿を見せないのか。帝国内の村に陣取っているというわけだ」

「もちろん、はっきりしたことは分からないけどな」

このあたりは俺の考えることじゃないし、こちらは言われた通りにこの砦で警戒を続ければいい。

何もなければ皇都への帰還命令が出るだろうし、賊が姿を見せたら皇国領に入れずに斬るだけのこと。

そう考えていた時だった。何か地響きのような……妙な音を耳が捉える。

「ん……？」

違和感を覚えたのは俺だけではなかったらしい。そしてそれは突然現れた。

「な……」

「え……」

草木の茂みから急に武装した男たちが現れたのだ。しかも50人どころではない、もっとたくさんいる。

「まさか……」

「噂の賊か！」

「落ち着け！　相手をよく見ろ、身体も鍛えていない素人だ！　皇国領には入れるな！　武器を持って向かってくる者は殺せ！」

指揮官は賊に聞こえるような大声で、俺たちに指示を飛ばす。

近寄らなければ殺さない。そう伝えているのだろう。だが賊たちはためらうことなくこちらに突っ込んできた。

「く……！」

「皇国に入れるわけにはいかない！　やるぞ！」

俺は刀を抜くと、皇国軍兵士たちの後ろに控える。そして彼らの戦列を突破してきた者たちを、容赦なく斬り伏せていった。

「………！」

乱戦になると武器を振るいづらくなる。だがそれで誤って味方を斬るようなことはしない。武人と呼ばれる者にそれほど技量が未熟な者などいないのだ。

「はっ！」

刻印術を発動させるまでもない。賊の中にも刻印を持っている者はいないようだ。

（しかし……たしかに素人だな……）

　痩せこけた身体に、簡素な武器を持っただけの男たち。比較的多く見るタイプの賊だ。逆に体つきが大きな賊は刻印持ちが多い。

　きっと彼らも内乱の影響で、食べることにも困った者たちなのだろう。だが同情はしない。かつて帝都を追われた俺と同じく、互いの立場と環境が違うだけの話だ。

「せいっ！」

　防具も身に着けていないので、刃が傷まないように武器ではなく積極的に身体を斬りにいく。かなりの数を斬った時、逃げ出す賊が現れ始めた。

「ひいいぃぃ！」

「だ、だからいやだったんだあぁぁ！」

「に、逃げると、妻と子が……！」

「俺はもう逃げるぞ！」

　なんだ……賊どもが混乱している……？　まぁいい、逃げるのなら追いはしないさ。下手に追撃をかけたら、武装した皇国の武人が帝国領に入ることになるからな。

　指揮官もそれを懸念したのか、特に追撃の命令を下すことはなかった。

　この日は他領でも賊が現れたらしい。そして次の日、帝国の旗を掲げた使者が現れた。俺たちは国家間同士の儀礼に則って、皇都までの案内を付けて使者を見送る。

そしてその数日後。皇都よりオウマ領に、帝国との戦争に備えよという通達がきたのだった。

皇都からの急報を受け、砦では武人たちを集めて会議が行われていた。この砦の武人たちをまとめる高位武人、カイさんは壇上に上がる。

「カイさん。どういうことです……?」

「帝国との戦争に備えよとは、いったい何があったのでしょう?」

「先日通した使者と何か関係が……?」

カイさんは一度溜息を吐くと、顔を上げた。その瞳には強い決意の光が宿っている。

「帝国は我が国に対し、無礼千万な要求を突きつけてきた。皇王様はこれに対し、断固とした態度を取られたのだ」

カイさんは改めて事の経緯を話してくれる。なんでも帝国は皇国に対し、不平等な商取引を求めてきたらしい。

また草原の民から献上された馬は元々帝国に献上されるものだったので、全て引き渡すようにとも言ってきた。

「ばかな……!」

「アマツキ皇国を帝国の属国だと勘違いしておるのか……!?」

「今の大陸を混乱させている元凶が……！」

これは……まずいな。あれから多少なりとも帝国のやり方を学習したから分かる。間違いなく帝国は皇国を侵略する気だ。

最初に少し無茶なくらいの条件を突きつけ、従うかどうかを試す。歯向かってきたら理由をつけて、兵力にものを言わせた侵攻を開始する。従えばさらに無茶な要求を繰り返してくるのだ。

「落ち着け。今のはかなり前の話だ」

「え……？」

「皇王様は初めからまともに取り合う気はなく、返事を送っていなかった。そんな中、現れたのが先の使者なのだが……」

使者が言うには、皇国は帝国領に踏み入り、そこで領民を一方的に虐殺したらしい。

この賠償に皇族の姫、マヨ様の身柄引き渡しや賠償金の支払い、その他一部権利の譲渡を迫ってきたとのことだった。

「はぁ⁉」

「なに言ってんだ⁉」

「我らが、帝国領に押し入って虐殺しただと⁉」

「ばかな！　誇り高き武人が虐殺などするものか！」

おそらく俺たちが斬った賊たちのことを言っているのだろう。こじつけが過ぎるが、大国が黒と言えば白いものも黒くなる。またそれができるだけの力を帝国は取り戻したのだろう。

帝国内では多くの民たちが殺されたことに対し、皇国に対し報復すべしという意見が大勢をしめつつある。しかし今なら条件を飲めば、そうした貴族たちの声を押さえることができるぞ……と、使者は語ったそうだ。それに対し、皇王がとった判断は。

「使者の首を斬り、それを帝国に送り返した」

「…………！」

使者の首を……！　皇王は覚悟を決めたのか……！

しかし帝国と戦えば、皇国とてただでは済まない。それが分かっていないはずはないだろう。もう少し話し合いの余地はなかったのか……と考えていたが、周囲の武人たちは全員皇王の行動に賛同を示していた。

「当然だ！」

「無礼な……！　マヨ様の身柄引き渡しなど、到底許されるものではないっ！」

「あくまで属国の扱いを行うか……！　何様のつもりだ……！」

……そうだった。皇族が絡むと皇国人は引き下がらなくなる。身柄の引き渡しはどう考えても人質だし、女の身で行けば碌な目に遭わないだろうというのは想像がつく。

帝国もそれが分かって挑発していたのなら大したものだが、たぶんたまたまだろう。俺自身、皇国人の皇族に対する感情には何度も驚かされてきたし。帝国は安易に皇族に触れてしまったがために、皇国人たちは絶対に引き下がることがなくなってしまったのだ。

だが、と俺は口を開く。

「帝国の兵数は間違いなく皇国を上回っているでしょう。質は皇国に分があるでしょうが……」

いざ戦いになれば、勝てるかはかなり難しいのではないか。しかし武人たちは何を言うと眉を吊り上げた。

「帝国の兵など、たいしたことはあるまい！」

「そうだ！　我ら武人は並の兵士ごとき何人こようが、決して後れはとらぬ！」

「帝国の奴らに教えてやるのだ……！　皇国武人の精強さをな！」

精強さは認めている。俺も武人としてのプライドもあるし、そこらの兵士に負ける気はない。だがいくら個人の武が優れていても、数で押される可能性は十分にある。体力に限界があるからだ。

また帝国は国土が広く、人口も多い。当然、貴族の数や刻印持ちの騎士の数も多いのだ。

刻印持ち全員が武官向きではないとはいえ、一般兵士より強い戦力になるのは間違いない。

「ヴィル！　お前も今は皇国の武人なのだ、今日まで鍛えてきた己の力と磨いてきた剣腕を信じろ！」

どうやら自分の実力に自信が持てなくなっているが故の発言だと思われたらしい。そうではないのだが……しかし今は皇国の武人であることは確かだ。

おそらく、もう戦いは避けられない。そもそも皇族に触れられた以上、皇国人側に避ける気がない。徹底抗戦しかないのだ。

「…………」

おそらくここが俺にとって覚悟を決める時なんだろう。

二度と居場所を奪われないために。そしてそのために身につけてきた力で、全力で正面から立ち向かう時……！

「……すみません、弱気になっていたようです。覚悟は決まりました。やりましょう……！」

「おう！」

「皇都から物資を持った軍が向かっている。直に帝国も攻めてくるはずだ。防御陣地を作るぞ！」

「おお！」

そう言えばカーラーンさん。皇都からもう出たのだろうか。

少し気になったが、その日から俺は兵士たちと柵を作ったりして、防御陣地作成のために働いた。

マイバル・カルドートはカルドート領に来た帝国騎士団を領主邸で歓迎していた。今は騎士団長と部屋で酒を飲み交わしているところだ。

2人とも対面で豪華なソファに座っていたが、その両隣にはほとんど裸のような、薄布を巻いただけの女性が侍っていた。

胸元は乳首がはっきりと浮いているし、股間は透けているため女性器の形もよく見える。後ろから見れば背中と尻は丸見えだ。

酒や料理を運ぶ女性たちも全員同じ恰好をしていた。

「遠いところよくぞ来られた、アドルドン殿。さぁさ、我が家で疲れを癒してくれ」

アドルドン・ノーグレスト。数ある帝国騎士団の一つ、鉄剛騎士団の団長である。

彼はかなり大柄な体格をしており、顔や腕にも細かな傷がいくつも見える。ずっと前線で戦い続けてきた歴戦の騎士という風格が全身からにじみ出ていた。

「……彼女たちは？」

「お気に召しましたかな？　あなた方を迎えさせるため、近隣の村から出稼ぎに来させたのです。指揮官たちの慰労に、何人でも連れて帰ってもらって構いませんよ」

屋敷の外からも普段とは違い、騒がしい声が聞こえてくる。領都に入り込んだ騎士や兵士たちが、マイバルの振る舞った酒や食事に気をよくしているのだ。

「しかし先の戦争で活躍されたアドルドン殿が来られるとは……。中央も本気なのですな」

「かつて騎士の1人として、この地にあった国に攻め込んだことがありましてね。土地勘があるだろうと言われました。皇国なんぞ行ったこともないのに……」

ふっ、とアドルドンは笑う。騎士団長になる前、彼はこの地で帝国騎士として戦ったことがあるのだ。その時のことを思い出し、腕の傷をさする。

マイバルは隣に座る女を抱きよせると、その胸を強く掴んだ。痛みが走ったのか、女はこらえるような表情を見せる。

「しかし……騎馬隊がほとんど見当たらないのですが……？」

「ああ……編成していないわけではありませんが、皇国は山と森が多いと聞く。歩兵の方が戦いやすかろうと思った次第です。何より我ら鉄剛騎士団には、鉄壁の守りを誇る重装歩兵がいる」

「噂に聞く鉄剛重装隊ですな」

空になった杯に、女は怯えた表情で酒を注ぐ。それを飲みながらアドルドンは「そうだ」と頷いた。

「今の騎士総代が行った改革の賜物(たまもの)です。我が騎士団とマイバル殿の領兵、合わせれば兵数2万5千に届く。皇国を落とすのに十分な戦力でしょう」

マイバルは女の胸を揉んでいた手を離し、今度は股間の中へと指を這わせる。女は怯えた表情を浮かべていたが、席を立つことなくその場に座り続けた。

「ですな！　……しかし皇国の武人は実際、相当練度が高いと聞きます。現に長く他国からの侵略を受けてきませんでしたからな」

地政学的に面する国家は常に1つだけであり、またこれまで他国を侵略したこともされたこともない。歴史の長さで言えば帝国より長いくらいだ。

小国ではあるが、もしかしたら面倒なことになる可能性もあるのでは……と、マイバルは考えていたが、アドルドンは静かに笑みを浮かべた。

「今回、陛下より皇国を侵略する騎士団の総大将を拝命いたしましたからな。皇国のことはそれなりに調べてきております」

「ほう……？」

「あの国は基本的に領土を広げず、また隣接する国とはそれなりの付き合いをすることで独立を保ってきました。過去一度として他国に皇族を婚姻に出したこともなく、またそれ故に皇族を中心とした統治システムを上手く作り上げている……が。あくまで小国だから成り立つという話」

そもそも皇国は歴史上、大国と隣接したことがなかったのだ。帝国と隣接した時、ちょうど内乱が始まったこともあり、これまで皇国は帝国と深く親交を持ってこなかった。

「要するに……あの国は大軍を動員した戦というものを知らぬのですよ。確かに優れた武人の数は多い。だが戦場で個の武力が戦局を左右するのは……一部の刻印持ちを除いて不可能だ」

皇国とて、これまで侵攻してきた他国の軍とは戦ってきた。しかしそれらの国は今の帝国ほどの国力を持っていたわけではない。

そして国家間の繋がりが薄く、血は濃いが貴族の数は少ない。武人は精強でもそれだけで戦の勝敗が決するわけでもない。

「皇帝陛下は皇族の姫をお求めです。彼の姫を手に入れれば、武人たちも陛下の手足となって働かざるをえませんからな」

「ええ。それに皇国は国の規模のわりに、いろいろため込んでいますからな。帝国の財政も潤うでしょう」

アドルドンは今回の侵略にあたり、皇族は最低でも姫……マヨだけは絶対に生かして捕えるようにと厳命されていた。それ以外の皇族については、現場の判断に任せるとも。

「ではマイバル殿。軍議は明日、行いましょう。……この部屋の女、連れ帰っても？」

「お……おお、もちろんです！」

そうしてアドルドンは自分用に２人、それ以外の女を部下たちに下げ渡して部屋へと戻った。

皇都からは武人と兵士合わせて6千人が送られてきた。他の2つの領地にも同数の防衛戦力が送られており、およそ2万人近い兵数で国境の守りを固めることになる。

◆◇◆◇◆◇

「すげぇ数だな……！」

「ほんとね。でも……」

一方で問題もあった。これだけの兵数全員は砦に入らないのだ。そのため新たに築いた防御陣地に寝泊まりする兵士も多かった。

俺も経験あるが、外での睡眠は疲れが取れにくい。何より今はいつ帝国軍が姿を見せるか分からないし、緊張もあるだろう。

「なぁヴィル。これからどうなると思う？」

「ん……？」

マサオミは帝国方面から目を離さずに話しかけてくる。俺は気になっていたことを口にする。

「不確定要素が多過ぎる……正直、どう落としどころがつくのか分からない」

「不確定要素？　落としどころってのは？」

「敵戦力と……この戦争の終着点だ」

皇国は武人と兵士を合わせると、およそ3万人を少し超えるくらいの戦力になる。

それに対し、帝国はどれくらいの兵数を抱えており、そのうちどれくらいの戦力が皇国に向けられるのか。そしてその内訳は。こうした情報が分からないのだ。

斥候も何人か出ているし、敵が動けば兵数は明らかになるだろうが……できれば先に知った上で、何か対策を練っておきたいところだ。

「でも帝国は食うのも困る土地が多く、兵士たちもひょろひょろで大したことないんだろ？」

「それは……まぁ、そうだな」

一部騎士など、武人のような職業軍人はいるし、またその数も多い。だが徴兵した兵士の質は皇国人の方が上だと思う。

単純に栄養状態がいいのと、平民でも男子は町道場で鍛えている者が多いのだ。町道場の多さも皇国の特徴だろう。

一方で懸念もある。帝国と領主連合たちはここ数年、大きな衝突がなかった。もしかしたら帝国も今や、それなりに国力を取り戻しているのではないか。

「……10年前に師匠と旅をした時、兵士たちは確かにやせ細っている者が多かった」

「なら刻印を持つ騎士にだけ注意すれば、なんとかなりそうだな！　……で、落としどころってのは？」

「互いの勝敗を決める線引きはどこか……だな」

帝国は自国の領民が殺された、その報復を行うという名目で戦争を仕掛けてきた。皇国はふざけるな、来るなら返り討ちだと戦の準備を進めた。

だが帝国の真の狙いは、皇国の侵略だ。皇国が降伏しない限り、おそらく皇都を占領するまで戦い続けるだろう。

しかし、ここで俺たちが帝国の侵攻を食い止め続け、予想外の被害を帝国にもたらしたらどうなるか。そのまま引いて落としどころを探ってくるのか、さらに増援を呼んで最後まで戦い続けるのか。

また皇国は攻め込まずに守りに徹するため、何をもって戦争に勝利したと取るか。ある程度打撃を与えたら話し合いで手打ちにするのか。そうした諸々が見えてこない。

（要するに俺たちは、こうすれば勝ちだ！　……という、国としての勝利条件が掴めないまま、迫ってくる敵と戦うことになる。いずれ、それが皇国の勝利に繋がると信じて……）

いや……もしかしたら上層部はその辺りを考えているかも知れない。まぁ武人とはいえ末端の兵だし、俺たちはやはりここで戦うしかないな。

それに俺自身にやる気がないわけでもない。むしろ戦いに対する意欲は高い。

幼かった頃とは違い、力をつけた今ならば皇国の平穏を守れると信じている。二度も大切な場所を失うつもりなど毛頭ない。

それに武功が認められれば、高位武人への道も開けるかも知れない。こういうところは血筋に関係なく「何を成したか」で評価する皇国の在り方に感謝だな。

そうして2日が経った時だった。斥候から帝国軍が動いたという情報が入り、俺たちは砦を出て防御陣地で待ち構える。そしてそれは現れた。

「来たか……」

斥候の報告によると、敵軍はおよそ5千。大軍だけあり、大地を揺るがす音が響いてくる。

砦の上から声が届いてきた。

「敵、密集陣形！　弓兵確認！　……前進を開始しました！」

いよいよ来たか……！　隊列を見れば分かる、想像していたよりも練度が高そうだ……！

しかしよく見れば右端の部隊は動きに乱れがある。誘いか……？

「弓！　きます！」

「全員、防御陣地を利用してやりすごせ！」

防御陣地は柵の配置の他、石垣を高く積み上げている。兵士たちはそうした壁際に移動し、飛んでくる弓をやりすごした。

「第二射、きます！」

今度も難なくやりすごす。しかし……兵数の割に、全然矢が飛んできていないような……？

「歩兵隊、前進！」

二度にわたる弓射でこちらの防御の高さを理解したのか、軽装歩兵が槍と盾を構えて向かってきた。いよいよ来るか……！

「前に出ろ！　横陣で対応、敵を絶対に通すな！」

「おおお！」

俺たちも石垣から出て前に出る。さすがに今から矢を放てば味方への誤射が起こりかねないため、もう射ってくることはないだろう。

「柵はあまり役に立たなかったな……！」

騎馬による突撃を食い止めるため、先端部を削った木の柵を設置していたのだが、歩兵たちはそれらを越えてきた。そして俺たちはいよいよ帝国軍と衝突する。

「うおおおおおおお！」

「ぎゃっ！」

「この……！」

「帝国の犬どもがぁ！」

「しねぇ！」

基本的に武人の周囲に複数の兵士が展開する形で横陣を敷いている。戦力の均一化を図っているのだ。俺も向かってくる敵兵に対し、ためらわず刀を振るった。

「はっ！」

向けられた槍の穂先を刀で弾き、一瞬で懐まで移動する。そしてその胴体を斬り、また真横に振り抜いて別の敵兵も斬る。

「手練れは俺まで通せ！　無理に相手しようとするな！」

押されている箇所にはすぐに援護に向かい、また敵兵を斬る。こんな戦い方をしていれば、刀なんぞすぐに折れてしまうだろう。だが。

（さすがは皇桜鉄で作られた刀……！　まだまだいける……！）

今回の戦争に備え、前線の武人には特殊な刀が支給されていた。通常の鉄とは違い、〈皇桜鉄〉という特殊な技法で作られた金属。それで鍛えられた業物(わざもの)だ。

皇桜鉄製の刀は、決して折れず錆びず刃こぼれしないという神秘の刀だ。これらは近衛など一部の武人が皇族より賜る。

俺たちに支給されたのは、その皇桜鉄と普通の鉄を混ぜて作られたものだった。皇桜鉄10０％の刀に比べるといくらか落ちるものの、普通の刀よりも頑丈だ。

「おおおお！」

何人目になるか分からない敵兵を斬り伏せる。

「敵の方が数が多い！　1対1は避けろ！　持ちこたえたら俺たち武人が向かう！」

「おおお！」

く……！　さすがに腕がしびれてきた……！　刻印術を使うか……!?

見れば周囲の武人の中には既に刻印術を使っている者がいた。

刻印術は強力だが、使用時間など制限もある。使いどころは慎重にいきたい……が、慎重すぎて使わなかった結果、死にましたというのは避けたい。

「はぁ、はぁ……！」

周囲には皇国軍兵士の死体も転がっていた。

むせるような血の匂い、動き続けなければ死ぬという恐怖。絶えることのない怒声と悲鳴。自分と味方のために戦わなければという義務感。感覚が鈍くなっていく腕。

（これが……戦場……！）

マサオミは、キヨカは。今も無事なのだろうか。いや、２人とも同世代でもかなりの実力者だ。俺の心配なんて不要なはず……！

俺もこんなところで死ねない！　絶対に生き残る！　生き残って戦い抜いて、キヨカたちともう一度会うんだ……！

「うおおおおおおお！」

身体に活を入れるべく、大きく叫んで刀を振るう。もう二度と……失いたくない。自分の居場所は自分で守る……！

「………!?」

その時だった。敵兵たちが急に反転し、後方に下がり始める。

なんだ……なにが起こった……!?

「逃げていくぞ！」

「勝った……！」

「やはり帝国兵なんて敵じゃない！」

「追撃だ！　逃がすな、死んでいったみんなの仇を取れ！」

「皇族の敵に死を！」

誰かが逃げる敵兵士を追いかけ始め、それにつられるように他の兵士たちも前に出始める。

「お……おい……！」

このまま追撃していいのか……⁉

だがたしかに、ここで敵兵は徹底的に叩いておきたい。皇国の守りは堅いのだと、帝国に知らしめたい。

「行けぇ！　敵を逃がすなっ！」

改めて追撃の指示が下る。こうなると考えるのは時間の無駄だ、俺も前へと駆けだす。

そうだ、俺たちは勝っているんだ……！　兵力では劣るが、個々の強さで補えたんだ……！

俺たちが追いかけ始めたことで、敵兵はより慌てた様子で逃げ出す。中には武器や防具をその場で捨てる者もいた。

（いける……！　俺たちの勝ちだ……！）

そして。逃げる敵兵が左右に割れたと思ったら、正面から重武装の黒い歩兵集団が姿を見せた。

第五章　追い込まれた皇国　皇王の決断

「ふん……初戦で決着がつきそうだな」

アドルドンは戦場の後方で報告を聞き、勝利を確信し始めていた。

彼は騎士団とマイバルの持つ領軍を約7千の部隊3つに分け、皇国に対し3方向から同時に侵攻を開始した。いずれも皇国における玄関口となる領地だ。

そして7千の部隊を、さらに5千と2千に分けた。5千の部隊には軽装歩兵と少数の弓兵を中心に編成し、守りを固めている敵に対し先手をしかけさせる。

そして戦いが始まると、後方に伏せていた2千の部隊を前進させた。

(やはり戦においては経験が足りておらんな。急造の割に防御陣地はそれなりだが……守りを固める敵に対し、兵力をどう戦場に引っ張りだすか。そこは侵攻側の腕の見せ所だ)

後方に置いた2千の兵士は鉄剛騎士団の虎の子、鉄剛重装隊を中心とした編成になっている。1人1人が大柄な男性で、黒塗りの重装鎧を身に着けている精鋭集団だ。

重く分厚い鎧は敵の攻撃などものともせず、その鍛え抜かれた肉体で立ちふさがる者を粉砕しながらただ突き進む。欠点は動きが遅く、また水や食料の消費量が多いことだ。

少し前の帝国であればこうした専門性に特化した部隊は作れなかったが、今の騎士総代が改革を進めたことで生まれたスペシャリストたちになる。

「そろそろか……。合図を出せ！　鉄剛重装隊、出るぞ！」

「はっ！」

前線で戦っていた兵士たちに撤退の合図を出す。同時にアドルドンは鉄剛重装隊を率いて前進を開始した。

（やはり……のってきたか）

おそらく皇国には、戦場を俯瞰して見ることができる者が少ないのだろう。目の前の敵に意識が集中し過ぎており、撤退を許さず追いすがってくる。

この5千の兵士による撤退も、鉄剛重装隊の姿をギリギリまで隠す役割を果たしていた。

彼らはなるべく重装隊の姿が見えないようにと、自分たちの身体で敵の視界を塞ぐ。そして重装隊と衝突しないように左右に割れてもらい、重装隊たちは目の前に現れた道を堂々と歩く。

「粉砕せよっ！」

「はっ！」

逃げた敵兵を追いかけていた皇国兵からすれば、急に目の前に戦列を敷いた黒鉄の集団が現れたのだ。なにごとかと混乱するだろう。

「ふんっ！」

頑丈さを突き詰めたような武骨な槍で、皇国兵たちを薙ぎ払う。武人らしき男が片刃の剣を振ってきたが、アドルドンは冷静に盾で受け止めた。

「なに……⁉」

「あまいわぁ！」

武人も戦い続けて疲労が溜まっていたのだろう。ここまで接近したのは見事だったし、剣が折れていないことからも相当質の高い武器だと分かる。

そんな評価を下しながら、アドルドンは槍を振るって武人の胴体を貫いた。そのまま見えるように上空へと放り投げる。

「ああ⁉」

「そ、そんな……」

「武人様が⁉」

敵兵に分かりやすく動揺が広がる。そしてこれを逃すアドルドンたちではない。

気づけば2千の重装歩兵たちの両翼は、撤退していた兵士たちが反転して固めており、敵を包囲するような新たな鶴翼(かくよく)陣が完成していた。

この練度の高さこそ今の精鋭帝国騎士団である。

「進めぇ！」

「おおおおおおお！」

皇国軍は撤退した帝国兵を追って、ほとんど砦から出てきている。しかも陣形も何もなく、体力も消耗している状態だ。

この地を抜けるのも時間の問題だろう。


アドルドンを総大将とした鉄剛騎士団は、初めに3ヶ所で戦端を開いた。その全てで勝利を収め、そのまま3つの部隊は皇都での合流を目指して皇国内を蹂躙する。

途中途中で兵士や武人の抵抗があったが、初戦で大きく戦力を減らした皇国軍では、アドルドンたちの侵攻を止めることができなかった。

そうして村や町で略奪を繰り返し、兵士たちに休息を与えながらもその刃は皇都へと近づいていく。

そして侵攻開始から30日後、アドルドンは占領した町の一番大きな屋敷で休んでいた。

部屋にはアドルドンに犯された黒髪の皇国人女性が、股間から白い体液を垂らしながら倒れている。

（さて……明日はいよいよ皇都だが……）

ここからが難しい。時間をかければ攻略は可能だが、できれば降伏に応じてもらえたら話が早い。

なにせ皇国もあとがないのは分かっている、兵力は皇都に集中しているだろう。それに死ぬ覚悟を決めた兵士ほど手ごわい者はいない。

アドルドンは部屋を出ると廊下を歩く。いてもいなくても変わらないのだが、一応マイバルと打ち合わせをしておこうと考えたのだ。彼も領主であり、領軍を束ねる立場である。

もっとも領軍は数だけで練度も何もないため、戦場においてはいつも隅っこに配置しているだけなのだが。

「う……うう……」

「ふひゃひゃひゃ！　ほれほれ！　皇国の女に優秀な帝国人の子種を仕込んでやろうと言うのだ！　感謝しろぉ！」

マイバルは部屋を訪ねるまでもなく、廊下で皇国人の女を犯していた。今は壁に両手を付けさせて立ちバックで腰を振っている。

略奪は命を懸けた兵士が得る権利だし、アドルドン自身も中央から許可された範囲で行う。だがマイバルと彼の引き連れる兵士たちは、いささか度が過ぎていた。

「おお、アドルドン殿！　今回も快勝でしたな！」

「……ええ」

マイバルはアドルドンの姿を見ても腰の動きを止めない。それどころか女性の頭を掴んで身体ごと壁に押し付け、さらに乱暴に犯していた。

「ふぅ、ふぅ……！　皇都には貴族も多いし、財宝や女も期待ができる……！　楽しみですなぁ、アドルドン殿！」

「……皇都における略奪は許可されていません」

「そう固いことをおっしゃるな！　なぁに、少しなら中央もお目こぼしするでしょう。こうして命をかけて戦っているのは、我らなのですから……なぁ！」

「いぎぃっ⁉」

マイバルはひときわ強く身体を押し付け、腰の動きを止める。

「お……おお……！　皇国の女は芋くさい者が多いが、ここの具合は素晴らしいな……！」

「ひ……⁉　ま、まさか、中に……出して……？　い、いやあぁぁぁぁあぶっ⁉」

叫ぶ女の頭をマイバルは壁に叩きつける。元々女に対して乱暴だったが、皇国人に対してはよりその傾向が顕著に表れていた。

壁に女の鼻血が付いたのを見て、マイバルはフンと鼻を鳴らして腰を引く。女はその場で倒れ込んだ。

「……明日騎士団を合流させたあと、皇都の正面に陣を張ります。その後、降伏勧告の使者を送る予定です」

「降伏勧告ぅ？　どうせのってこまい、無駄ではないのか？」

「さて……普通に考えれば、皇国の敗北は明らか。賢明な指導者であれば、これ以上無駄死にを出す前に皇都を明け渡すと思うのですが……」

そう言いながらもアドルドン自身、皇国が降伏してくるとは考えていなかった。

この1ヶ月、皇国人と戦い続けて分かったことがある。それは彼らは帝国人よりも、祖国愛が強いということだ。祖国のためなら自分の命を平気で差し出せるくらいに。

もちろん全員がそうではないし、帝国人にもそうした気概を持つ者はいる。しかし割合で言えば、皇国人の方が多いだろう。

このまま皇都を蹂躙されるくらいなら、最後まで戦って死ぬ。その覚悟を持つ者が多いだろうとアドルドンは考えていた。

（武人の強さは肉体だけではなく、その精神力も……だな）

だからこそ帝国の一員となれば、とても心強い戦力になる。しかし度が過ぎた略奪を行えば、より皇国人は帝国に対して頑(かたく)なになるだろう。

そう考え、アドルドン自身は途中から略奪の範囲に制限を設け始めていた。

彼の騎士団は統制が取れており、アドルドンの指示が行き渡っていたが、ここでも勝手をしているのはやはりマイバルとその領軍だ。

「降伏勧告にのってこなかった場合、騎士団は皇都西部に展開します。マイバル殿には皇都の北部を押さえてもらいたい」

「ふむ？」

「南部は山脈、東部は進んでも海に行き当たります。もし脱走者が出るのなら北の可能性が高い」

「なるほど。アドルドン殿の騎士団による攻撃で、怖気づいて出てきた者たちを討つわけですな」

「……いえ。民間人も多いでしょうから、なるべく捕える方向でお願いします」

皇都自体は高い城壁があるわけでもなく、急造の防御陣地が広範囲に広がっているだけだ。おそらく皇都に敵軍が攻めてくることを想定していなかったのだろう。

その分皇都は広大で物の行き来もしやすい造りになっているが、今回はそれが仇になっている。

(海岸線沿いには漁を行っている村もあるはず。皇都の民間人はそこまで避難しているかも知れんな)

また皇国は他国との交流がほとんどなく、大きな船が接舷(せつげん)できるような港も整備されていない。

だが皇族が船で逃げる可能性も捨てきれない。そこでアドルドンは念のため、動きの速い軽装歩兵を少数皇都東部へ先行させていた。

とはいえ、皇族が船に乗って逃げる可能性はほぼないと踏んでいる。海に出ても向かう先がないからだ。

仮にどこかの国へ行けても、こうなっては皇族を帝国からかくまう国などないだろう。

「とにかく話は分かった。アドルドン殿、皇都の北は任されよ」

「よろしくお願いします」

◆◇◆◇◆◇

1ヶ月前と比べ、皇都の雰囲気は随分と変わっていた。戦端が開かれ、初戦で敗北した皇国軍は帝国軍の侵攻を防げなかったのだ。

初めて帝国軍と戦った時のことはよく覚えている。

最初に激突した時は勝ったと思った。そして追撃をしかけ、このまま帝国軍を追い払える……と思っていたら、いつの間にか正面に敵の増援が来ており、しかも取り囲まれていたのだ。

その時の様子は、砦の物見やぐらで見ていた者から聞いた。

「皇国軍は確かに逃げ惑う敵兵を追いかけていた。しかし奴らの逃げた先に、新たな部隊が来ていたんだ。そして逃げていた帝国兵たちは左右に分かれ、反転して追いかけてきていた皇国軍を包囲した……」

話を聞いてもよく分からなかった。いや、理屈は分かる。だが戦場では敵も味方も必死だし、だからこそ撤退を開始した時は命惜しさに本気で逃げたのだと思った。

しかし敵は逃げながら、実は前に出てきたこちらを取り囲むべく動いていたと言う。咄嗟の判断だとは思えない。あらかじめ高レベルな連携の鍛錬を積んでいたのだ。

そしてそれを理解した時、俺は心の底から恐怖した。

帝国軍はこちらより大部隊なのにもかかわらず、戦場でそれほど高度な動きができるのかと。同時に、個の強さの限界も思い知った。

(鉄剛重装隊……敵の主力部隊か……)

帝国軍は少数の弓兵と騎兵、そして大部分は軽装歩兵と重装歩兵の組み合わせだった。平原が少ない皇国領では騎馬の力を発揮できる戦場は限られているし、合理的なのかも知れない。いや、皇国の情報を集めた上で編成された部隊という可能性が高い。

俺も黒鉄の重装兵と戦ったが、刀を通すことができなかったのだ。高位武人の中には、鋼すら斬れる技量の持ち主もいるとは聞くが……俺はその領域に到達できていない。

とにかく皇国は帝国軍を侮っていた。敵は決して武器を持っただけの平民ではなく、1人1人が集団行動で戦局を勝利に導ける戦場のプロなのだ。

どちらかと言えば己の武で戦い抜く傾向がある武人とは、性質が反対の存在だと言える。

だがそれに気づいた時には、既に皇国は各地で負け続け、どんどん皇都まで押し込まれていた。

相手は対皇国を見据えてしっかり準備してきていたのに、皇国は準備どころか相手の情報をまったく掴めていなかったのだ。

そして今。とうとう皇国軍は皇都まで追いやられ、俺も皇都に戻ってきていた。

皇都に帝国兵が姿を見せて既に5日。まだ敵に動きは見えない。

「あいつら……こっちの食料がなくなるのを待っているのかしら……？」

「どうかな。あるいは戦意を喪失させる目的があるのかも知れない」

皇都に撤退するまでの約1ヶ月、俺たちは何度も乱戦を経験した。そしてその戦いの中で、マサオミは行方不明になっていた。

キヨカは皇都まで戻ってこられたが、しばらく待ってもマサオミは帰ってこなかった。

皇都に残る戦力はあとどれくらいなのか。ここから先、帝国軍に対して何か策はあるのか。そうしたことは末端まで伝わってこない。

ただ一つ確かなこと。それはこのままだと、また俺は自分の居場所を失うということだ。

「……時間だ。俺は行くよ」

「ええ。私は……ここでもうしばらくあのバカを待つわ」

俺はキヨカを残し、皇都の街中を歩き出す。皇都に戻ってから、俺にはカーラーンさんの護衛任務が言い渡されていた。

なんとカーラーンさん、まだ皇都に残っていたのだ。戦争が始まって皇族との交渉が長引き、結局皇都を出られなかったらしい。

「失礼します……。あ、師匠⁉」

部屋の中にはカーラーンさんの他に師匠もいた。皇都に戻ってから師匠とは何度か会っているが、ここでカーラーンさんと一緒にいるのは初めて見る。

「おお、ちょうどよい。ヴィル、話がある」

「師匠が俺に……話、ですか……?」

師匠もカーラーンさんも真剣な表情を俺に向けている。間違いなくこれからのことについてだろう。

「今から話すことは、明日みんなにも伝わることなのだが……先にお前に教えておこうと思ってな」

「俺に……? いったいなんです……?」

「うむ。分かっておるだろうが、皇国は負ける」

「…………………」

改めて現実を叩きつけられ、胸中に衝撃を受ける。他ならない師匠の口から出た言葉だ。重みが違う。

「皇都に残った兵数はおよそ7千。対して敵は2万近くおる」

「そ、そんなに……!?」

帝国軍は侵攻初日、軍を3つに分けて皇国領に仕掛けてきた。そしてそのまま3つの軍は各々別ルートを辿って皇都を目指し、とうとうここで合流を果たしたのだ。

今の皇都に残された戦力と、帝国の戦力を聞いて愕然とした。ただでさえ練度の高い兵士が3倍近い兵数をそろえているのだ。どれだけ精強な武人を取り揃えても勝つのは難しいだろう。

俺は悔しさから両手で握りこぶしを作り、下を向いてわなわなと震わせていた。

「帝国軍の動きはわしも少し見たが、明らかに以前とは違う。何かきっかけがあったのだろう、寄せ集めの集団から一個の軍隊へと変わっておる」

帝国は長い内乱以前から戦争が多い国だった。対して皇国は個人の武を貴ぶ気風はあれど、集団戦の経験は少なく侵略戦争の経験もない。

当然、両者で軍や武具の進化は異なってくる。

「別にどちらが劣っている、優れているという話ではない。個の武勇は時として集団を圧倒するしな。だが今回は相手が入念な準備を整えておった」

帝国も領主連合も、ここ数年は大きな武力衝突が起こっていないという話だった。もしかしたら帝国は、皇国を使って今の騎士団の実力を計りにきたのかも知れない。

「皇王は最後まで降伏はせん。絶対にな」

「多くの皇国人の命がかかっていても……ですか？」

「そうだ。他ならぬ皇国人の多くがそれを望んでおらん。帝国に侵略された村々で何が行われたのか、知らぬわけではあるまい？」

「………………」

奴らは占領した先々で、容赦のない略奪を繰り返していた。

食料や財産を奪い、そして女を捕まえたら犯す。そんな帝国軍に降伏し、皇都を明け渡したら……町の人たちだけではない、貴族の娘やマヨ様がどうなるか。そんなの分かりきっている。

「皇王様はここに残る。そして……明日、ある布告を出す」

「布告、ですか？」

「うむ。アマツキ皇国は解散、以降民たちは好きにせよ。ただし、もし武人たちが傭兵団を結成するのなら、皇王はそれらを改めて雇う……と」

「え……え!?　どど……どういう意味……です……!?」

混乱する俺をよそに、カーラーンさんは落ち着いている。既に師匠から聞いたのだろう。

「要するに帝国軍を前に、戦うも退くも自由と言っておるのだ。逃げても罪には問わん。戦うのなら御所にある財宝は好きに使えと」

どうせこのままでは皇国は負ける。だが結果が決まった戦いに民全員を道連れにするのも忍びない。

中には小さな子供を持つ者もいるし、戦うより逃げたいと考える者も一定数はいるのだ。

「軍としては敗れたが、この先帝国軍に対する嫌がらせも兼ねておる」

「と、いいますと……？」

「既に帝国軍の暴虐ぶりは皆の知るところだ。皇国民の中には大人しく従う者がおっても、内心反抗的な者も多いだろう。この地を奪ったからといって、簡単に権力者の言う通りにはならん」

まぁ……武力で奪われたのだ、新しい領主やら皇帝に忠誠は誓えないだろう。

「中には強力な力を持った武人も市井に紛れるだろう。夜には辻斬りも横行するのではないか」

ああ……それは帝国からしても面倒だろうな。たしかに軍団同士の争いより戦いづらい。しかも平民はそうした者たちの味方だ。土地勘もあるし、遊撃となればいくらでも身を隠せるだろう。

「なら……なら、俺も……！」

このままやられっぱなしはいやだ。俺も皇都に残り、表面上は大人しく帝国の支配を受け入れる。

だが帝国貴族を中心に、斬り伏せてやる……！　この命、続く限り……！

そんな暗い決心が固まりかけていたが、それに師匠は首を横に振る。

「お前の仕事はもう決まっておる」

「え？」

「ここに残らない武人やその家族と一緒に、草原へ向かうのだ」

「…………！」

バッとカーラーンさんを見る。彼はゆっくりとうなずいた。

「さすがに人数はしぼらせてもらうが……私ならここから草原まで案内できるからね。既に皇王陛下より報酬もいただいている。私は案内人として草原へ戻るつもりだよ」

傭兵として雇われない武人や民たちの選択肢は限られている。大人しく帝国の支配を受け入れるか、見つかるまで隠れ続けるか。あるいは皇国の外へと逃げるか。

「ヴィルは既に傭兵として雇われることが決まっておる。ほれ、これがお前への報酬だ」

どうやら俺に関しては選択肢がなかったらしい。俺は師匠の渡してきた刀を受け取る。

「これは……」

半ばまで刀身を抜いてみる。実に見事な刀だった。見ているだけでどこか寒さを感じるような輝きを持つ刃だ。

「皇桜鉄のみで作られた神秘の刀。桜月刀だ」

「…………！」

皇国の武人において、それを賜ることは何よりの名誉と言われる……高位武人のみが帯刀を許される、あの桜月刀が……！　お、俺への報酬……⁉

「しかし……！　これを振るうには、まだまだ力不足と言いますか……！」

「なに、お前ならそれにふさわしい武人になるさ。それにの……わしのお古だから気にするな」

「し、師匠の使っていた桜月刀……⁉」

師匠は皇国で唯一、2本も桜月刀を賜ったという武人らしい。2本目は皇国に戻ってきてすぐに賜ったそうだ。

「ま、わしを皇国に縛り付けるために贈られたものだったのだが……今はその話はいい。とにかく皇王からの報酬ではないが、十分だろう？」

「…………！　ありがとうございます……！　この刀に恥じない武人になることを、ここに誓います……！」

決して折れず錆びず刃こぼれしない名刀の中の名刀。それも師匠が使っていた……！

「うむ。さて……話を続けるかの。カーラーン殿と一緒に草原に行く者の中には皇族もおる」

「っ⁉」

「マヨ様じゃ。実は皇王陛下より、マヨ様も連れて行ってほしいと言われての」

マヨ様も……！　草原はたしかに帝都も遠いし、身を隠せるかも知れないが。

長旅になるし、越えないといけない山や森もある。女の身……それも鍛えていない者には厳しい道のりになるだろうな。

「心配しておるみたいだがな。マヨ様もああ見えて立派な皇族、しかもグノケインの血はとても濃い。刻印術による身体能力の強化もあるし、意外とバカにできんぞ」

言われてみれば、マヨ様も立派な刻印持ちの皇国人だった。

どういうわけか皇国人は身体能力強化の刻印術を持つ者が多いし、貴族としての血が濃いマヨ様の刻印にはすごい力が宿っているのかも知れない。

「明日は布告が出されるため、誰もが混乱しながらも決断を迫られる1日を過ごすだろう。マヨ様をお連れしてカーラーン殿と皇都を出るのは、2日後の早朝だ。それまでに準備をしておけ」

「分かりました。……その間に敵が動き出したら？」

「それは大丈夫だ。今、使者が来ておっての。その返事の期限はまだだし、それまでは敵も動かんじゃろ」

なるほど……だからこそこのタイミングだったのか。とにかく俺のやるべきことは決まった。

キヨカは……どうするのかな。やっぱり武家の生まれだし、最後まで皇都に残るのだろうか。

（でも……それは……）

俺とキヨカの進む道が明確に分かれることになる。それは……いやだ。

武人には己を貫き通す信念、心の強さが求められていることはよく分かっている。分かっているけど……！

（く……いや。まだそうと決まったわけじゃない。ここで決まったのは、あくまで俺の進む道だ）

そして次の日。師匠の話していた通り、皇王から皇都に残る民たちに布告が出された。

あらかじめ話を聞いていた俺はともかく、他の武人や今も避難せず皇都に残る民たちは、これからの皇国に対し不安を抱いていた。

だがやはり武人のほとんどは傭兵となり、皇王に雇われる道を選んだ。このまま皇王と最後を共にするという覚悟を決めた者もいれば、新たな支配者となる帝国にゲリラ戦を仕掛けるつもりの者もいるだろう。

中には財宝を持って皇都を出る者もいた。帝国軍にみすみす渡すつもりはない、ということかも知れない。そしてキヨカは。

「皇都に残るわ」

「………そうか」

俺はキヨカの部屋に寄っていた。キヨカは俺がカーラーンさんと一緒に皇都を出ることは知っていたが、ここに残って帝国の支配に抗う準備を進めるらしい。

「家としての決定よ。我が一族は最後まで皇族に従う。血族全員が覚悟を決めるのに、私だけ抜けるわけにはいかないでしょう？」

キヨカの家は名門の武家だ。家としてのしがらみ……とはまた違うのかも知れない。だがキヨカはこの地に残り、最後まで帝国に抗うことを決めた。

本心で言えば、キヨカには俺と共に来てほしい。だがそれを口に出してしまえば、彼女の決意に水を差すことになるかも知れない。

同じ武人だからこそ、俺には「一緒に来てくれ」の一言が言えずにいた。

「……キヨカ」

「なぁに、その顔。今生の別れじゃないでしょ？　ほら、ヴィルにはヴィルのやるべきことがあるんだし。……皇族の血が残れば、いつかアマツキ皇国の再興が叶うかも知れない。責任重大よ？」

「ああ。そうだな……」

ついこの間まで「いつかキヨカを嫁に迎えることができたら……」なんてことを考えていた。

このまま武功を上げ、名を高め、本当に彼女と一緒になれる日がくるものだと信じていた。一生、皇国の武人として生を全うするものだと考えていた。

それがどうしてこうなったのか。もう叶わなくなった願いだと分かってしまい、膝から崩れ落ちそうになる。

「俺、は……」

「…………。ヴィル」

キヨカはゆっくりと俺に近づいてくる。そしてお互いに立ったままの姿勢で両手で俺の頬を挟むと、唇に自分の唇を押し当ててきた。

「ん……」

「………………」

舌を絡めない、唇が触れ合うだけのキス。しばらく続いていたが、キヨカはゆっくりと離していく。

「ヴィル。今、ここで、私を抱きなさい」

「へ……え……？」

キヨカの言った言葉の意味を吟味する前に、彼女は目の前でスルスルと服を脱いでいく。そしてあっという間に一糸まとわぬ姿となった。

その美しさに思わず見入ってしまう。全体的に細身の身体ではあるが、しっかりと鍛えられているのがよく分かり、腹筋もうっすらと割れている。胸も女性らしい丸みを帯びており、意外とお尻は大きいのが分かる。そこから伸びる太ももは見るからに柔らかそうで、これまで何度か触れた女性器も目に入ってきた。

「キヨカ……？」

「もう。裸でいるの、結構恥ずかしいんだからね……！」

「あ、その。なんで……というか、そういうのは結婚するまでは……」

しないはずではなかったのか。動揺しつつも生殖器に血流が集って硬さを増していくのを感じつつ、頬を染めるキヨカの目を見つめる。

「あら。皇国はもう解散するのでしょう？　つまり私は武家のキヨカではなく、ただのキヨカということよ」

「えぇ……」

「言っておくけど、帝国人に身体を触れられるくらいなら私は舌を噛むわ。そんな私の身体に

触れられる男性はヴィルだけなのよ？……女にここまでさせて、恥ずかしいと思わないのかしら？」

どうやら本気らしい。どうしてキヨカがいきなりこんな行動に出たのかは分からない。

これで最後だと予感しているのか。それとも離れ離れになる前に、痕跡を残すことで思い出が欲しいのか。単に落ち込む俺を見ていられないと慰めたくなったのか。

本当のところは分からない。だがここでこれ以上理由を問うことほど野暮なことはないだろう。

キヨカの言う通り、女性にここまでさせて何もしないのは、男としてもどうかと思う。

何より俺自身がキヨカを抱きたい。もしかしたら最後になるかも知れない彼女との触れ合いでその体温を感じたい。しっかりとその身体に痕跡を残したい。

お互いに別々の道を行くことが決まっているからこそ、その思いが加速度的に募っていく。

そして。

「ん……っ」

俺はキヨカの唇に吸い付いた。先ほどのキスとは違い、唇を開いて舌を口内へと侵入させる。

キヨカも俺の舌を受け入れ、積極的に自分の舌を絡めてきた。

「んむ……っ。ん、んちゅ……ぅ……」

お互いに舌を擦り合わせ、唾液を混ぜ合わせていく。キヨカも興奮しており、唾液まみれの舌を俺の口内へと入れてきた。

俺は唇でキヨカの舌を挟み込み、吸い付きつつも舌先で絡めていく。キヨカはそんな俺の舌を貪るように唇を密着させ、唾液を送り込んできた。

「ん、ぁ……っ。んむ、ん、ぁふ……」

キヨカが舌先で俺の上あごをなぞり、そのまま歯茎を舐めてくる。そんな舌を捕まえるように俺も舌を絡ませにいくが、俺の口内で2つの舌がいやらしくうごめき、さらに興奮を高めていった。

何度も唇の角度を変えてはお互いに動物のように貪り合う。2人して立ったままキスを続けていたが、ここで俺は両手をキヨカの尻へと回す。そしてその柔らかな肉を揉みしだいた。

「んんっ！　ん……ん、ぁ……」

意外と大きい尻を揉みつつ抱き寄せる。こんなにしっかりとキヨカの尻を揉んだのは初めてだ。尻肉に指先が沈む感覚がして気持ちがいい。

上では濃いキスを続けながら、下は存分に尻肉を堪能する。俺はキヨカの尻肉を左右に引っ張り、肛門を広げるような手つきで力を込めた。

強引に尻穴を露出させ、尻の割れ目に指を這わせてみる。その瞬間、キヨカが唇の結合を解いて距離を取った。

「ちょっと……！　ど、どこ触っているのよ……!?」

さすがに尻穴を弄るのは恥ずかしかったらしい。俺も興奮に任せて欲望のまま触っていたが、反省はしない。キヨカの身体は隅々まで知っておきたいのだ。

キヨカの抗議をあえて無視し、俺も服を脱ぎ捨てる。そうしてお互いに一糸まとわぬ姿となった。

肉棒は既に怒張しきっており、不気味に脈を打っている。こんな時でも目の前の女に欲情してしまうのは、それだけ生存本能が強く刺激されているからだろうか。

とにかくキヨカを犯したくて仕方がない。俺の欲望を受け止めてほしい。そんな思いがまったく隠せていない。

キヨカもかつてないくらいに大きくなっている肉棒に視線が向いていた。

「ヴィルのおちんぽ……すごく大きくなってる……。それに……苦しそう……」

「ああ……確かに苦しい……むしろ痛いくらいだ……」

「ふふ……そんなに私を抱きたいんだ？　楽にしてあげる……」

そう言うとキヨカは俺の前でしゃがみこみ、そのまま口を開いて肉棒を口内へと収めた。

「う……！」

敏感な亀頭に熱い舌が這ってくる。たっぷりの唾液で湿らせた舌はスムーズな動きで肉棒に絡みついてきた。

キヨカは器用に舌で亀頭を擦ってくる。亀頭は舌のザラつきを敏感に感じ取っており、俺の腰を何度もビクつかせていた。

キヨカはそんな俺の反応を上目遣いで見てくる。凛々しい武家の娘が俺のモノを咥えこみ、上目遣いで見てくるのは反則的な可愛さがあった。

だがただ可愛いだけではない。キヨカの口淫は行う度に上達しているのだ。それは今回も例外ではない。

硬くした舌先で尿道口をほじくってくるし、そうかと思えばしっかりと裏スジを伝ってくる。また右手で肉棒の根元を押さえ込み、左手で玉袋を撫でてきていた。多方面から加えられる刺激にたまらず、俺は何度も腰をビクつかせてしまう。

「くぁ……！　き、きよか……そ、そこは……！」

「んじゅる……ん、じゅぷ……」

キヨカは容赦なく顔を前後させ、俺の肉棒をしごいてきた。しっかりと咥えこみ、亀頭は彼女の頬の内側を突く。おかげでキヨカの右頬は肉棒に突かれて伸びていた。

それにしても……なんて美味しそうに俺の肉棒を頬張るんだ……！

「んむぅ……っ。ん……ん、はぁ……」

味わいつくしたと言わんばかりに、キヨカはゆっくりと口を離す。彼女の舌と俺の亀頭の間には透明な液体が糸を引いていた。

外気に触れた肉棒がビクンビクンと痙攣している。あともう数秒咥えられていたら、間違いなくキヨカの口内に精を放出していたことだろう。

「どう……？　少しは楽になったかしら……？」

「……余計に痛くなった」

「そうなの……？　きゃ……!?」

キヨカの両肩を掴み、そのまま敷布団のある方へ押し倒す。仰向けで寝転がった彼女の両脚を掴むと、大きく左右に開かせた。

股には形の整った綺麗な女性器がしっかりと見えていた。キヨカも口淫で興奮していたのだろう、少し濡れているのが分かる。それに女性器の真下に見える尻穴。これもヒクついており、俺の欲望を煽ってきていた。

「そんなにしっかりと見ないで……恥ずかしいわ……」

「キヨカの身体、ちゃんと見ておきたい。恥ずかしがらずに全部見せて……」

「ん……っ」

キヨカの膝裏を掴んだまま、俺は顔を彼女の性器へと近づけた。この距離でしっかりと見たのは初めてになる。

「キヨカ……すごく綺麗だ……」

「い、言わなくていいわよ……」

うっすらと生えた陰毛、左右対称な美しさを持つ女性器。いつまでも見続けることができそうだ。

早くここに挿れたい。キヨカと繋がりたい。そんな欲望を押し込み、俺はもっとよく見てみたくて吐息のかかる位置まで顔を近づける。そして衝動のまま、伸ばした舌でスジをなぞった。

「きゃっ⁉　ヴ、ヴィル……⁉」

なんて柔らかさだ……！　それに直に嗅ぐメスの臭い、頭がクラクラする……！

俺は夢中になってキヨカの性器を舐めまわした。舌先でスジをスライドさせ、最も敏感な部分に吸い付く。

「んひぃっ⁉　そ、そこ……！　きたないから……！　やめて、ヴィル……はぅぁっ⁉」

じゅるじゅると音を立て、キヨカのクリトリスをいやらしく責め立てる。舌先で押さえ、焦らすように周囲をなぞっていく。そうかと思えば不意に吸い付き、そのままクリトリスの側面を舌先で擦っていく。

そんな俺の愛撫にキヨカは一々反応を示していた。腰を大きく震わせ、両手で頭を掴んでくる。

だが俺はもっとキヨカに感じてほしい。いろんな反応を見せてほしい。俺の舌でたくさん気持ちよくなってもらいたい。

キヨカも口淫をしている時は、こんな気持ちになっているのだろうか。なんとなく口淫が上達している理由が分かった気がする。俺ももっと自分の舌で、彼女に感じてほしいと思っている。

「ひゃんっ⁉　あ、んふぅ……っ。や、だめぇ……そこぉ……あぁんっ！　なに、これぇ……っ⁉　だめ、だ、んぁぁ……っ！」

ずっとクリトリスばかり弄っていたが、ここで舌を少し下へとスライドさせる。そして舌先でキヨカの尿道口をまさぐり始めた。

「あひゅぅっ⁉」

何度も彼女からされたことだ。やっぱりキヨカも感じるらしい。満足した俺はさらに舌を動かし、いよいよ膣穴へと侵入させた。

「ん……っ。は、はいって……くる……ヴィルの舌がぁ……」

今やキヨカの穴は際限なく愛液をこぼし続ける蜜穴と化していた。鼻腔にオスを誘う強烈な香りが襲いかかってくる。俺は誘われるままに舌を埋め、内側から膣肉を擦っていった。

「はあぁぁ……っ⁉　舌、いやらしぃ……」

舌で膣肉のヒクつきを感じとる。しばらく蜜穴の感触を楽しんでいたが、ここで舌を引き抜くと再度クリトリスに吸い付いた。

「ああんっ⁉　ひ……っ⁉」

ひときわ大きくキヨカの腰が跳ねる。さっきとは感じ方が変わったのか、明らかに声も甲高いものに変わっていた。

両手でしっかりとキヨカの足を押さえ込み、股を開かせたまま舌先でクリトリスを舐めまわす。舌で側面をなぞり、ゆっくりと歯を押し当ててみた。

「いぎゅぅんっ!? はぅ、ぁぁ……っ! それぇ……や、だめぇ……っ!」

クリトリスにキスをし、大唇陰と小唇陰の隙間に舌を這わせる。するとキヨカは腰を跳ねさせ、誘うようにくねらせてきた。

「ヴィルぅ……っ! も、もう……おかしく、なっちゃううぅ……っ! は、ぁあんっ!?」

キヨカの声に余裕がなくなってきている。衝動のまま責めすぎてしまったかも知れない。俺はゆっくりと顔を離すと、彼女に視線を合わせた。

「はぁ、はぁ……。も、もう……いつまで、なめてんのよぉ……」

キヨカは唇の端からよだれを垂らしており、両目はトロンとしたものになっていた。初めて見る彼女の表情に胸が高鳴る。

「ヴィル……も、もう準備はできているから……。ん……っ。そ、そろそろ……挿れて……?」

「…………! キヨカ……!」

もう我慢できない。今日まで何度この時を夢見てきたことか。

俺は肉棒を掴むと、キヨカの性器に押し当てる。そして膣穴に添えると少し上下させて愛液を馴染ませていった。

「キヨカ……本当に……いいんだな……？」

「ん……いいよ……。いっぱい……ヴィルを感じさせて……」

亀頭を膣穴の入り口に押し当て、ゆっくりと腰を前に進めていく。眼下ではキヨカの女性器が俺の肉棒を飲み込んでいくところがよく見えていた。

「んぃぃ……っ！　ぃあ、んんんん……っ！」

キヨカは両目を閉じて歯を食いしばり、俺の侵入を耐えてくれていた。亀頭はぴっちりと閉じた膣道を強引に押し広げ、どんどん最奥部を目指して突き進んでいく。

途中何度も堅い抵抗を感じたが、その度に俺は力を込めて腰を前に進めていった。キヨカは歯を食いしばり、首を左右に振っている。

「んぁぁぁ……っ！　い、ぎいぃぃ……っ！」

「キヨカ……すまない、俺も動きを止められないんだ……！」

「い、いぃ、からぁ……そのまま、きてぇ……！　ん、あああぁ……っ！」

半ば以上入ったところで、彼女の腰をがっしりと掴む。そして一気に根本まで突き入れた。

「あひぃっ!?　は……っ!?　あ、か……は……っ!?　ひ、ぎぃぃ……っ!?　はぁ、はぁ、はぁ、はぁ……っ」

「くぅ……！　き、キヨカ……全部……入ったぞ……」

「はぁ、はぁ……っ！　ほ、ほんとう……!?　んん……っ！　よ……よかったぁ……」

初めて男を迎え入れた聖域は、肉棒に快楽というよりも痛みを与えてきていた。あまりのキツさと抵抗感に、痛覚の方が刺激されているのだ。

俺は根本まで挿入した肉棒を動かすことなく、キヨカに覆いかぶさる。そしてお互いに至近距離で見つめ合い、自然と舌を出し合ってキスをした。

「ん……んむぅ……ん、ちゅぅ……」

上から唾液を流し込んでいく。キヨカは俺の唾液を自分の舌に絡ませ、飲み込んでくれていた。彼女の舌に吸い付き、ねっとりと互いの舌を擦り合わせる。

「ん、ふぁ……んむ、ん、ぁ……」

どれくらいの時間が経っただろうか。ずっとキヨカに体重をかけたままキスを続けていたが、だんだん彼女の膣穴が柔らかくなってきているような……そんな感触が肉棒から感じ取ることができた。

今も変わらず締め付けてきているのだが、挿れた直後に比べると余裕ができたような気がするのだ。

そっと唇の結合を解く。互いの舌と舌の間には透明な糸が引いており、キヨカの口周りは俺の唾液でよくテカっていた。

「キヨカ……動くぞ……」

「うん……ん、あぁぁっ」

ゆっくりと腰を引く。キヨカの膣肉は肉棒に絡みついてきており、張ったカリで引っかけているのか、思わず背筋が震えるほどの快楽が襲いかかってきた。

「ん、ぁぁ……っ！　ふ、ぅぅ……！」

亀頭が外に出るか……というタイミングで、再び彼女の中へと侵入していく。どちらかと言えば肉棒を突き入れる方がスムーズに動かすことができた。

開いたばかりの膣道を再び押し広げ、最奥部を目指していく。俺がキヨカに覆いかぶさっていることで、彼女の膣口は上向いており、俺は重力に従って腰を下へと下ろしていった。

「んぃぃ、んあああぁ……っ！」

再度根本まで挿入し、深い結合を果たす。キヨカが俺の全てを受け入れてくれている。この事実に深い満足感と安堵、支配欲が満たされていた。

「はぁ、はぁ……」

「大丈夫か……？」

「ん……っ。へ、へいき、よ……。不思議だけど……いたい、というより……うれしい、の方が大きいから……」

キヨカはうっすらと瞳に涙を浮かべていたが、その表情は悲しげなものではなかった。

「ヴィルの好きに動いて……私の身体に……あなたの感触をしっかりと感じさせてほしい……」

「…………！」

これまで俺はギリギリのところで衝動を食い止めていた。だがもうだめだ。他ならないキヨカが俺の性衝動に火をくべてしまった。

「ああ、んぁぁっ！　ひ、いぎぃぃぃ……っ！　は、ああ、ん、いひぃっ⁉」

気づけば俺は両手でキヨカの両手首を押さえつけ、存分に腰を上下に振っていた。

真上から曲がりくねった膣道をまっすぐに貫通させ、最奥部を突き上げる。獣欲を隠すことなく、亀頭でキヨカの胎を何度も抉っていた。

「んひ、あぁんっ！　ヴィル……は、はげし……っ！　んぁ、はぁっ⁉」

この身体に俺という男をしっかりと刻み込みたい。絶対に忘れることのないように、強く深く傷を残したい。そんな気持ちで何度も何度もキヨカの胎を突き続ける。

メスの両腕を押さえ込み、上に覆いかぶさって腰を振るその姿は、第三者から見れば獣そのものだっただろう。

男を受け入れたばかりの膣肉は痙攣を繰り返し、俺の肉棒にこれまで感じたことのない快楽を与え続けてきた。部屋には性器を擦り合わせる淫猥な音がよく響いている。

「ん、ひゅぅっ⁉　あ……っ⁉　は、んんん……っ！　～～～～、っあ……っ⁉」

途中からキヨカはずっと歯を食いしばっていた。本当はもっと優しくしたい。こんな表情をさせたいわけではない。

だがこの声を聞く度に俺の性衝動は強く揺さぶられる。到底優しくなんてできない。ただただ欲望のままにキヨカの身体を蹂躙し、消えない傷を刻み込みたい。そんな嗜虐心めいた感情が湧きたってくるのだ。

それは納得できない現状や不安といった感情をそのままぶつけているかのようだった。

「く、うぅ……っ！　きよ、か……！」

性器を強く摩擦し合い、獣のような腰つきで秘穴を蹂躙していたが、硬く反った肉棒はビクンと脈を打った。ほとんど同時にキヨカの膣穴も狭くなり、うねりながら肉棒に絡みついてくる。

「んぁ、は、あぁ……っ！　い……いい、から……そのま、まぁ……っ！」

キヨカは食いしばっていた歯を開け、吐息交じりに訴えかけてくる。

「いちばん、おくで……っ！　そのまま、だしてぇ……っ！」

「…………！」

この意味が分からない俺ではない。キヨカは俺の感情を理解した上で、その全てを受け止めようとしてくれているのか。あるいは彼女も、理不尽な現状から生まれる感情を、俺との性行為で昇華させたいのか。

抱いてと言ってきたキヨカの目を思い出す。

本当ならお互い、こんな形で繋がることを望んではいなかったはずだ。

「くぁ……！」

気づけば腰を振りながらも、俺の目からも涙が出てきていた。より一層力を込めて腰を落とし、体重任せに亀頭で最奥部を抉りこむ。

「はぐぅぅぅっ⁉」

しっかりと根本まで挿入したところで腰の動きを止め、逃がさないとばかりに押さえ込んでいたキヨカの両手首に握力を込める。

そうしている間も欲望はどんどん肉棒を上ってきていた。膣内で脈を打つ度に猛スピードで尿道が拡張され、熱が先端部へと向かっていく。

亀頭はしっかりとキヨカの胎に密着していた。外しようがない体勢と角度、そして深さ。このタイミングで膣穴はキュッと締まり、一気に窮屈な穴になる。それは間違いなく俺の肉棒から欲望を解き放とうという動きだった。

そして。しっかりとお膳立てされ、俺の肉棒はキヨカの一番深い場所で、欲望のままに精を解き放つ。

「んひ……っ⁉　ぁ…………か、はぁ……っ⁉」

「く、うぅ……っ！」

狭苦しい膣内で、俺の肉棒は際限なく暴れ回っていた。ビクンと跳ね、その度にどんどん精を放出していく。

思う存分にキヨカの中に欲望を吐き捨てているという充足感。彼女の胎に俺の精を覚えさせたいという征服欲。今は現実なんて考えずに、ただこの欲望に身を任せていたい。

キヨカはしっかりと股を開き、俺の欲望をその身で受け止め続けてくれていた。

「はあぁ、んん……っ！　なかで……ヴィルが……すごく、あばれてる……。は、んぁぁっ⁉　はぁ、はぁ……すご、い……あ、つぃ……」

結婚するまでは決して性行為を許さなかったキヨカが、初めての性行為で俺の子種を胎に納めている。

そんな彼女がさっきより愛しく思えていた。射精中だからか、性衝動もピークを越えたようだ。

強い快楽に酔いしれつつ、長い長い射精が続く。気づけば俺はキヨカに全体重をかけて覆いかぶさっていた。どうやら少しの間、意識が飛んでいたらしい。

キヨカはそんな俺の背中に手を回して撫でてくれている。

「……落ち着いた？」

「………あぁ」

射精の波はすっかり収まっていた。肉棒に感じるキヨカの体温がとても心地いい。いつまでも甘えたくなる。

「たくさん……出したわね。赤ちゃん、できているかもよ……？」

「キヨカ。もう家格とか関係ない。結婚しよう」

「皇国がなくなっても、私は高い女なの。それに結婚してすぐに長い別居が続くなんて、私はいやよ」

互いにやるべきことがある。それは分かっている。分かってはいるが、言わずにはいられなかった。

「もし子ができていたら……」

「ちゃんと私が立派な武人に育てるから心配いらないわ。ヴィルはマヨ様をお連れして草原を目指すという栄誉を得た身。己の使命も全うできない男は私の夫にふさわしくないわよ」

「…………」

キヨカなりの強がり……でもないか。これは彼女の本心だろう。ここまでしても彼女を妻に迎えるには、いくつものハードルを越えなければならないらしい。

「……必ずマヨ様を草原までお連れする」

「当然よ」

「だから……キヨカ。死なないでくれ」

「……当然よ」

結合していたお互いの性器がわずかに柔らかくなり、狭かった穴も弛緩する。俺は身を起こすとゆっくり肉棒を引き抜いていった。

「ん……っ！」

結合が解かれると、亀頭と膣穴の間は白い糸で繋がっていた。ヒクつく膣穴からは朱色混じりの白い粘液がゴポリと溢れてくる。

左右対称で綺麗な形を保っていたキヨカの性器は、俺の生殖器に蹂躙されたことによって、やや形を変えていた。

「本当にすごい量……。どれだけ出したの……？」

「正直、自分でもよく覚えていない」

「ふふ……そんなに私の身体で興奮したんだ？」

キヨカは満足気な笑みを浮かべると、身体を起こしてその場で四つん這いになる。そして何かを探すように周囲を見渡していた。

「えぇと……布はこのあたりになかったかしら……？」

ドロドロに汚れた性器を拭くための布を探しているのだろう。俺の視界にはお尻をこちらに向けて、小さく左右に振りながら布を探しているキヨカが映っていた。

「…………」

形のいい尻と、そこから伸びる悩ましい太もも。そして股には今も俺の精液を垂らしている女性器。

どうやら相当な量の子種を吐き出していたらしい。ヒクつく膣穴からは時折塊となってベチャリと精液がこぼれている。

あの穴で先ほどまで感じていたキヨカの温もりがもう恋しくなっている。また彼女の体温を感じたい。

そう考えた時には、既に俺の肉棒は硬さと大きさを取り戻していた。

「ああ、あったわ。これで……ヴィル？」

俺はキヨカに近づくと、両ひざをつけた状態で彼女の腰を掴む。そしてためらいなく肉棒を再び淫穴へと突き入れた。

「んあぁぁぁっ!?　ちょ……ヴ、ヴィル……！　なに、を……」

「もっとキヨカを感じていたい。このまま……俺の子を孕ませたい」

「……………！　ヴィル、き、今日はどちらかと言えば安全な日だから……ああんっ!?」

四つん這いのキヨカを後ろから犯す。柔らかな尻肉は俺の腰振りをしっかりと受け止めてくれていた。

「は、あぁ、ひゅぎぃぃっ!?　な、なんで……っ!?　お、おとこの、ひとはぁ……いちど、だしたら……あぅっ!?　ま、まんぞく、するんじゃ……」

「まだまだ足りない……！　もっとキヨカとこうしていたいんだ……！」

「そ、そんな……はぁんっ!?　ひ……あ、いぅんっ!?」

大量の精液を吐き出した直後だからか、さっきよりもスムーズに腰を動かせていた。腰を振って膣肉にこびりついた精液を肉棒でかき出していく。

腰を引けば互いの体液が交じり合った粘液が糸を引いていた。部屋に充満する臭いもすごく濃いものになっている。

体位が変わったことで、肉棒で感じる膣穴の感触がさっきと異なっていた。角度が変わったことで擦れやすい位置が変わったのだろう。

それはキヨカも同様なのか、膣肉は痙攣を起こしつつ肉棒を締めつけてきていた。

「ああ、んんぁっ！　や、だめぇ……う、うしろから、なんてぇ……」

後背位で腰を振っていると、さっきよりもより獣の交尾感が強くなった。がっしりと腰を掴み、思うままに腰を振るう。

何度も俺の腰に打たれたせいで、キヨカの尻はやや赤くなっていた。

「はぅおぉ……っ！　んあぁぁ……、く、ぁ……っ！　いぅんっ⁉」

反った肉棒で膣壁を擦り上げ、最奥部を突き上げる。もっとキヨカの体温を感じていたい。

その思いは肉棒をより硬くさせ、遠慮することなく快楽を貪っていく。

腰を打ち付ける音の感覚がだんだん速くなっていくのが分かった。

「ヴィル……！　お、おまん、こ、そんなにぃ……こ、こすらない、でぇ……っ」

このままキヨカを孕ませたい。俺の子種で妊娠させたい。この胎で俺との子を作りたい。

そんな身勝手なオスの欲望は、一度膨れ上がると自分では抑え込むことができなくなっていた。

「んひゅぅっ⁉」

キヨカの腰を強く引き寄せ、根本までしっかりと挿入したところで腰の動きをピタリと止める。

最も深い位置で繋がったタイミングで、肉棒は再び欲望を充填し始めた。熱く狭い膣内でビクンと脈を打つ。

そして俺は腰に触れるキヨカの尻肉の感触に興奮しながら、二度目となる射精を開始した。

「はぐうぅぅ……っ！　んぁ、はあぁぁ……っ！　～～～～……っ！」

キヨカは両こぶしをしっかりと握りこみ、全身を小刻みに震わせていた。

後背位でメスの胎に子種を吐き出すという行為は、自分が本当に獣になったような気がしてゾクリとした背徳感がある。

「はぁ、はぁ……！　んん……っ！　ま……また……たくさん、だされてる……」

膣肉はビクつきながらも肉棒に絡みつき、独特な収縮リズムで射精をサポートしてきていた。

これに甘えるように、生殖器はなんの遠慮もなくキヨカの胎に欲望を吐き捨てていく。

そうしてねっとりと中に出し切ったところで、ようやく肉棒は脈動を止めた。

「はぁー、はぁー……おなか……あつい……ヴィルのが……ずっとなかにいる……」

しばらく結合し続けていたが、肉棒が柔らかくなったところで、名残惜しさを感じつつも引き抜く。

二度目となる射精を受けた淫穴は、栓がなくなると即座に出したばかりの子種を吐き出した。

空気の混じった淫猥な音が鳴り、白い塊がビチャリと床に落ちる。キヨカは腰を震わせながらその場でうつ伏せに倒れた。

「んん……っ！　こし……うごかせ、ない……」

うつ伏せのままがに股になっており、広がっていく白い液だまりを見ては支配欲が満たされる。

キヨカは手足をビクンと震わせ、腰は小刻みに痙攣を繰り返していた。ようやく彼女と一つになれたことで、昂奮しすぎていたのかも知れない。

（性衝動とはこれほど凄まじいものだったのか……）

俺も不慣れなところがあったのは否めない。まだまだコントロールできる気もしないが、武人としてしっかり飼いならさなければという気もある。

そんなわけでどうにか三度目の衝動は抑え込み、俺は濡らした布でキヨカの身体を拭いてやったのだった。

そうして俺はキヨカと別れの挨拶を済ませた。……くそ！

「くそ！　くそ！　くそ！　くそぉ……！」

気づけば路地裏に入り、俺は壁を殴りつけていた。悔しいのだ、たまらなく。情けないのだ、この上なく。

ようやくキヨカと深い関係になれたのに……という思いもある。想いを交わした彼女と別々の道を行くことになったことは、まだ自分の中で消化しきれていない。

（どうして……どうしてこうなった……！）

キヨカの温もりを知った今だからこそ、さみしさやむなしさ、やりきれなさが心を支配していた。

分かっている。俺も彼女も最後まで武人らしくあろうと決めた。互いの道に武人としての矜持がかかっているからこそ、それを否定することもできなかった。

キヨカ自身、皇都に残るからといって決して死ぬつもりはない。今生の別れだとは考えていない。再会の可能性はゼロではないし、俺自身もあきらめはしない。

しかしだからといって、ここでキヨカと別れることに納得しているわけじゃないんだ……！

俺は……帝都を追われたあの時とは違い、自分の居場所を守れる強さを身に付けたのではなかったのか……!?

どうして大切な居場所を失い、逃げるのか。なぜだ。どうして俺はいつも奪われる……!?

「立場……強さ……？」

帝国にいた時は、俺が皇帝一族だったために狙われた。そして力がなかった故に母上を守れなかった。

今は強くなったのに、武人という立場ではどうしようもなく時世に抗えない。俺が身に付けた強さは……なんだったんだ……？

答えは出ない。いや、出せない。これまでの人生を……身につけた強さを疑うことになりかねない。それは自分自身を否定することになる。

そんななんと言ったらいいのか分からない感情を胸に、俺はカーラーンさんと師匠の待つ屋敷へ向かった。

◆◇◆◇◆◇

（予想よりも皇国人の帝国に対する敵意が強い……な）

アドルドンは幕舎の中で思考を深めていた。やはり皇国人と帝国人はその考えや性格が大きく異なる。

片や大陸に版図を広げ続けてきた大国、片や領土野心を持たず独自の文化を形成してきた小国。

両者違うと言うのは当たり前と言えば当たり前だが、普通なら降参する場面でも、皇国人はたとえ死んでも最後まで戦う……という者が多いのだ。

「アドルドン様。いかがされましたか？」

幕舎には今、アドルドンの他に2人の指揮官がいた。それぞれ3つに分けた軍の1つを指揮し、皇都まで部隊を率いてきた者たちだ。アドルドンの信頼する腹心たちでもある。

「皇都占領後のことを考えていた」

「……このままではレジスタンスを生み出しかねませんからね」

「皇国を支配したがために、今度はこの地から内乱が起こる……そんな事態は避けねばなりません」

アドルドンも皇国の情報を集めてはいても、皇国人の性格までは意識していなかった。

今さらではあるが略奪は一切行わず、敵に対しても礼儀を尽くす態度を示しておくべきだったかも知れない。

彼ら……特に武人は勇敢で武を貴ぶ。戦いにおいて高潔な思想……と言っていいのかは分からないが、ただ蹂躙する帝国人とは争いに対して抱えているものが違うとは感じる。

帝国のやり方では、彼らの心をますます硬化させるだろう。

「……皇族は全員生かして捕えよ。決して手荒な真似はせず、丁重に扱うのだ」

「はい。皇都に来るまでに思い知りましたよ。皇国人は皇族を心から慕っている」

「もし帝国人が皇族を害せば……皇国民は全員が死兵となって襲い掛かってくるかも知れません」

そうなっても勝つのは帝国軍だ。だが必要のない被害を受けるのは必至。せっかく手に入れた土地の立て直しにも莫大な予算と時間を取られることになるだろう。

まだ帝国統一も成っていないのに、こんなところで練度の高い貴重な兵力を失うわけにはいかない。ここまで鍛え上げるのにかなりの時間と物資、資金がかかっているのだから。

「これが帝国の地方領主との戦いであれば、初戦の敗北で即座に降伏していたであろうに……な」

「ええ。圧倒的不利が分かっていても、決して折れずに立ち向かう……。特に武人は大陸においても精強な兵と言えましょう」

「聞いていた通り、強力な身体能力向上の刻印術を持つ者も多いですしね。辺境の小国だと侮っていました」

刻印を持つ者が発現する能力は、ほぼ身体能力向上系だ。そして皇国人は、帝国人の刻印持ちよりも優れた強化を行う者が多い。

鉄剛重装隊は特に身体能力の強化に優れた者を集めた部隊だが、既に彼らの中からも何名か死者を出していた。信じられないことに、黒鉄の鎧ごと斬られたのだ。

「おそらくあの武器……カタナにも秘密がある。あれだけ戦い続けているのに、折れた物はほとんど見ておらん」

「確かに……。あのような細身の曲刀、少し盾で防げば簡単に折れそうなものなのに」

「それに切れ味がすさまじい」

これまで皇国と関わってきた国は少なく、かつ皇国人自身もあまり国外に出ないので、彼らの文化についてはよく伝わっていないのだ。

「しかし……そういうことであれば、マイバル殿を北に配置したのは正解でしたね」

「ええ。あの方であれば、皇都に入るなり略奪をしかねません。それはより強い皇国人の反発を生むでしょう。何よりも皇族に対して丁重な扱いができるとは思え……いえ、なんでもありません」

「ほとんど言っておるではないか」

ふ……と、幕舎内に柔らかい空気が流れる。アドルドン自身、これ以上マイバルの行動にかき回されたくないので、彼を皇都の北に配置したのだ。

戦いが始まっても皇都の北側に距離を詰めるだけで、決して中に入らないようにと言ってある。

また武人の強さを知った今、やはり帝国のためにも彼らが欲しいとも思う。彼らを上手く新生帝国軍に取り込めれば、帝国統一も早くなる。そしてそのためにも皇族は絶対に殺すわけにはいかない。

反乱の芽にもなりえるが、武人をコントロールするための人質にもなるのだから。

「降伏勧告を打診しに行った使者は、明日の夕方に戻ってくる。何かするにせよ、それからだ。それまでは絶対に勝手な行動はとるなよ」

「はっ！」

「心得ております。……もし使者が戻ってこなかった場合は？」

「その時は……2日後。皇都へ進軍を開始する」

いくら皇国を評価しているとは言え、それとこれは話が別だ。

それに鉄剛騎士団の目的はアマツキ皇国の占領。これこそが第一目標であり、それ以外の目標は優先順位が下がる。

アドルドンは2人とあらゆる事態を想定し、またそれに応じた対処方も勘案していく。そして今後の方針をしっかりと定めたところで、腹心2人はそれぞれの指揮する部隊へと戻っていった。

(さて……一番いいのは、このまま降伏してくれることだが。その可能性は1割くらいか)

そして次の日。今日戻ってくる予定の使者の返答次第で、帝国軍がどう出るか決まる。マイバルはそんなことをボゥっと考えながら珍しく早起きしていた。

幕舎の隅には鎖で拘束された10人もの皇国人女性が裸で転がっている。使者の返答を待つまでの間、することもなく暇なので、昨日は昼から部下たちとずっと幕舎でまぐわっていたのだ。

時間の感覚がおかしくなり変な時間に寝たため、普段ならまだ寝ている時間に目を覚ましてしまった。

「……ふん」

空を見ても日が昇るかどうか……といったところだ。外は真っ暗ではないが、完全に明るくなるまでしばらく時間がかかるだろう。

起きてしまったものは仕方がない。マイバルは幕舎に転がっている女の中から適当なのを選び、朝勃ちを鎮めようと考える。

そして1人の女に手を伸ばそうとしたところで、幕舎に人が入ってきた。

「マイバル様！」

「うん？」

見ればそこには私兵のブリスが立っていた。

ブリスは戦場でもよく働き、いつもマイバルに美女を連れてくるため、今では随分とお気に入りになっている。

「なんだ、おまえもヤりすぎてこんな時間に目を覚ましたのか？」

「え……ええ……。そ、それより！　先ほど川に顔を洗いに行ったのですが……！　皇都北部から、武装した少数の集団が出て行ったのを見たのです！」

「なに……？」

まだ日が昇っていないのにもかかわらず、皇都を出る集団。しかも武装しているということは、平民だけではない。こんな時間にわざわざ北へ抜けるということは。

「でかした……！　間違いない、皇族が逃げるつもりだ……！」

「ええ、俺もそう思います。やたら周囲を警戒している様子でしたし、我々の軍を大きく迂回する道を進んでいましたから」

「すぐに兵士どもを起こせ！　騎士団よりも先に手柄をたてるのだ！」

「……いいのですか？　使者が帰るまでは軍を動かすなと……」

「どうせ帰ってこん！　今日が返事の日だが、帰ってこないものとして我らは動く！　そもそも辺境の皇国人ごときに、時間を与えてやる必要もないのだ……！」

第六章　逃げる者　追う者

「……このまま進んでは、北に展開している帝国軍に捕捉されます。少し迂回しましょう」

その日。いよいよ俺は第二の故郷だと思っていた皇都に別れを告げた。

キヨカとはあれから会っていない。お互いに別れを済ませたという認識だ。彼女のことはもちろん気になるが、マサオミがまだ行方不明ということにも不安を覚えている。

そんな中でも俺は自分の使命を果たすべく、まだ日が昇っていない早朝からマヨ様たちと皇都を出た。

マヨ様には近衛であるシズクさんがついており、他にも幾人かの武人やその家族たちも一緒だ。

先頭は道を知るカーラーンさんが、最後尾には師匠がそれぞれついてくれた。

（100人はいないが……それでもこの人数だ。子供や民間人もいるし、食料も運んでいるからどうしても足は遅い。用心せねば……）

皇都から離れたい者は他にもいただろうが、さすがに全員は連れていけない。それにあまり人数が増えても、旅の途中で脱落者も出るだろう。

俺は過去に師匠と進んできた道のりを思い出す。

(このまま山間を進めば大きな川に行き当たる。そこの橋を渡れば、今度は山道を進むことになる。端は崖になっている危険な道だ。それに夜は冷える)

あれはキツかったな……。しかも山を越えるのに、そこそこの日数が必要なのだ。地図にない道を進むというのは、決して簡単なことではないのだ。

山を越えれば森に入るので、そこを川沿いに北上すればやがて草原に行きつく。そこまで行けばもう安全だろう。遊牧民たちも皇国人を快く受け入れてくれるはずだ。そして……。

(そして……どうする？　そのまま草原の民として一生を平穏無事に過ごせるのか……？　もしかしたら皇都ではキヨカを含め、皆戦い続けているかも知れないのに？　草原にも帝国軍が押し寄せてくるかも知れないのに？)

……だめだ。ここ最近、俺は少し変だ。どうも心が落ち着かない。心にぽっかりと穴があいて、そこをよくない感情が埋めようとしている。

あまりに強かった帝国軍。個の力で対応できなかった重装歩兵。なくなった皇国。

そうした大きな喪失感と、この混乱を生み出している帝国の内乱に対する思い。いずれも俺ではどうしようもないことだ。

立場なのか、力なのか。力ある立場にいれば、もっと違う未来を選べていたのか。この世界は常にそうした者が時世をコントロールし、動かしているのか。

俺は……巻き込まれる側でしかないのだろうか。

「……えい」

「っ⁉」

急に左頬に指が刺さる。結構痛い……！

はっと真横を向くと、そこには薄いヴェールで顔を覆ったマヨ様がおり、その指が俺の頬にまぁまぁの強さで突き刺さっていた。

「ままま、まよ様⁉」

「はい、マヨです。ふふ……難しそうなお顔でしたので、つい崩してみたくなりました」

ど、どういう理由⁉

マヨ様の予想外の行動に、心に巣くい始めていた暗い感情が霧散していく。隣を歩く近衛、シズクさんも少し困った顔をしていた。

「マヨ様、はしたないですよ。不用意に殿方に触れてはなりません」

「あら……でももう皇国はなくなったのだし。私、既に皇族の姫ではなくてよ？」

「それで急に態度を変えられるわけはないでしょう……」

近衛でマヨ様についてきたのはシズクさんだけだった。

元々近衛は武人の中の選りすぐりだけあり、人数がとても少ない。ほとんどは最後まで皇王の側にいようと皇都に残ったのだ。

近衛同士の話し合いもあり、マヨ様と同じ女性であるシズクさんがこの旅に同行することに

なったと聞いている。

「ヴィル。異国の生まれであるあなたが、皇国にここまで心を砕いてくれたこと。大変嬉しく思います」

「マヨ様……？」

「この事態に対して、責任を感じていたのでしょう？　そんなお顔をしていましたもの」

「…………」

責任……責任、か。たしかにそうかも知れない。

武人としての責任。元は帝国皇族の生まれだという責任。いろんな責任……プレッシャーを感じていた。それだけ背負うものが増えたということだろうか。

「気持ちは分かります。私も皇族としての責任を感じておりますもの。本当なら兄と共に、最後まで皇都に残りたかったのです」

でも……と、マヨ様は言葉を続ける。

「皇族の……ツキミカドの血を絶やすわけにはいかぬ、と兄に説得されてしまいました。もう会えない兄との約束です。私には……生き続けなければならない理由と責任があるのです」

生き続けなければならない理由と責任……。

マヨ様の思いや考えは本人でなければ分からない。だがこの旅は、マヨ様なりに考えた末の結果なのだろう。

マヨ様とて皇都に残る兄君や民たちに何も思わず、こうして草原に向かっているわけではないのだ。

「みんなそれぞれ歩んできた人生があるように、各々抱えているものがあるのですよ。だからヴィル、そんな顔をしないで……と、言っても難しいでしょうから。話を聞かせてください」

「話……ですか？」

マヨ様。もしかしたら責任を感じている俺を励ましにきてくれたのかな……。

「ええ。あなたは昔、キリムネ様と共にこの道を歩いてきたのでしょう？　どんな旅だったのです？　草原とはどのようなところなのでしょう？」

「そうですね……」

昔を思い出しながらいろいろ話していく。途中から他の武人やシズクさんも気になったのか、ちょいちょい質問を挟んできてくれた。

少し話しただけなのに、先ほどまで感じていた鬱屈とした気分はなくなっている。不思議だ。やはり黙っているより、誰かと話した方が気が紛れるのかも知れない。

「……ではこの先に、大きな川と橋があるのですか？」

「はい。私もあとで知ったのですが、草原の民が馬を連れて通れるようにと、皇国がそこそこ大きな橋を整備しているのですよ。と言っても縄で吊っているためか、けっこう揺れるのですが」

　こんなところを通るのは、草原と皇都を行き来する者だけだ。それにほとんど道なき道を進むので、ただ歩くだけでもかなり体力を使う。案内人がいなければ遭難する可能性もあるだろう。

　橋の先はそういう場所だ。だがこのルート以外で地図にない道を進まず草原に行こうとすれば、帝国領内に入り大きく迂回せねばならない。危険を承知でこのまま進むしかない。

「山や森は野獣の類もいます。貴重な食料にもなりますが、注意は必要ですよ」

「ふふ。いざとなれば私の刻印術で斬り刻みましょう」

「ん……？」

　そういやマヨ様の刻印術ってなんだろう。というか今、わりと不穏な発言が聞こえたような気がする。

　そんなことを考えていた時だった。後方から師匠の怒声が響く。

「走れ！　帝国軍の追手だ！」

「え⁉」

「なんと⁉」

　後ろを振り向くと、遠目に帝国の旗を掲げた騎馬隊が見えた。

　そんな……！　気づかれた……⁉

「く……！」

「走れ！　走れ！」

「きゃあぁぁ！」

「落ち着け！　この先は橋がある！　まずはそこを渡りきるぞ！」

くそ……！　ここまで来て……！　マヨ様を奴らに奪われるわけにはいかない……！

◆◇◆◇◆◇

「いそげぇ！　皇国人を逃がすなぁ！　剣を持つ者は武人だ、全員殺せ！　武装していない者は殺すなよぉ、誰が皇族か分からんからな！」

「おおおお！」

ブリスから報告を聞いたマイバルは、馬に乗れる者から優先して準備を整えさせ、逃げ出した者たちを追って北上していた。

数は１００騎にも満たないが、全員が武装しているのだ。民間人を抱えた集団の方が不利なのは変わらない。

それにあとで歩兵隊も追いついてくる。今は国外に逃げようとする者たちを捕えることが優先だ。

「ふん……！　どこへ逃げようというのだ！　いいか！　１人も逃すなよぉ！」

そう言うとマイバルは、右親指の付け根にある刻印を光らせる。そしてそのまま右腕を頭上に掲げた。

「むん……！」

　すると彼の頭上に光の槍が現れる。マイバルが右手を振った瞬間、光の槍は正面に向かって飛んでいった。

　マイバルの刻印術は身体能力強化系ではなく、かなり珍しい部類のものだ。1日の使用回数に制限はあるものの、現出させた光の槍を飛ばすことができる。

　だが皇族に当たったらたまらない。そのため、あくまで足を止めさせるための牽制だ。しかし。

「あぁ!?」

　前方にいる初老の男が刀を抜くと、光の槍をかき消してしまった。

「辺境人の分際で生意気な……！　ええい、急げ！　奴らが橋を渡ってしまう！」

　追手に気づいた皇国人たちは駆け足で橋を目指していた。このままでは橋を渡りきられてしまうだろう。

　だが橋自体はそこそこの広さがあるし、馬も通れそうだ。

「ふん……！　追いつくのは橋を渡ってからになりそうだな……！」

　どれくらいの馬が同時に渡って大丈夫なのか、本来であれば調べてから進むだろう。だが今は時間が惜しい。

マイバルは先に部下に橋を渡らせて、自身は少し離れたところで様子を見ようと考えていた。

「ぶひゃひゃ……！　鉄剛騎士団だけでなく、俺もしっかりと手柄をたてられそうだなぁ！

我らを皇都北に配置させたアドルドン騎士団長には感謝感謝ぁ！」

◆◇◆◇◆◇

「特殊な刻印持ちがいるのか……！」

追手からは光の槍が飛んできた。なんとか師匠が斬ってくれたが、民たちには動揺が走る。

しかしそれで足が遅くなるのは状況が許してくれない。

「急げ！　早く渡るんだ！」

既にカーラーンさんを始めとして、何人かが橋を渡り始めていた。久しぶりに見る橋をよく観察する。

(馬上で槍を振り回すことを考えれば、敵は多くても2列にならなくては橋を渡れない……！)

無理をして2列。安全を期すなら1列で渡る方がいいだろう。そして木でできてはいるが、今は燃やすことができない。

(切り落とし……できなくはないが、時間がかかる……！　とても追手がいる状況では難しい……！)

皇国が管理しているからか、わりと頑丈に作られているのだ。ならば……！

俺は橋の半ばまで駆けると、そこで足を止める。そして後ろを振り向いて刀を抜いた。

「ヴィル⁉」

最後尾にいた師匠が俺の考えていることを察する。

「ならん！　それはわしの役目だ！　お前は先に行け！」

「……やです」

「ぬ……⁉」

「いやなんです、もう……！　大切なものを……場所を失うのは……！　このまま何もせずまた生きのびて……そこから何をすればいいのか、草原でどう生きればいいのか……！　もうわけが分からないんですよ！　今日まで身につけたこの力……！　ここでみんなの時間を稼げるのなら、それで本望っ！」

そう言うと刻印術を発動させ、両手に黒い手甲を出現させる。

俺は確かに強くなった。だがその強さでは皇国を守れなかった。自分の望む未来を掴み取ることができなかった。

しかし、ここでみんなの1分1秒が稼げるのなら。今日この時のために俺は強くなったのだと、初めて自分自身に胸を張れる。厳しい鍛錬を経て身に付けた己の力に意味を見出すことができる。

「死ぬ気はありません……！　生きて、自分の人生に意味を……価値を見つけるっ！　師匠、お願いします……！」

思えば師匠に対して面と反抗したのは初めてだ。だが師匠は優しい目で俺の決意をくみ取ってくれた。

「ならば我が最後の弟子よ。お前はここでわしと居残りだ」

「はい……！」

「死ぬことは許さぬ。お前もまだ若い……いいな、ここである程度馬と敵兵の死体を積んだら、我らも橋を渡るぞ」

橋の幅は広いとはいえ、馬と敵兵を積み上げれば馬での通り抜けは難しくなる。その間に橋の向こう側へ移動し、できた時間で橋を落とす。そういうことだろう。

「……くるぞ！」

帝国軍はやはり2列になって橋を渡ってきた。まっすぐにこちらへ向かってくる。

「ふんっ！　犠牲を覚悟で残ったかぁ！」

「このまま踏みつぶしてくれよう！」

馬上から槍が振るわれる。俺は腰を落として駆けだすと、槍の下をくぐり抜ける。そして真上へ飛んで敵兵の首を斬り飛ばした。

「…………っ！」

そのまま馬の足も斬り、その場で倒れさせる。生暖かい返り血が付着し、鉄の匂いが気持ち悪い。しかし敵は次から次へと向かってくる。

「おのれっ！」

「辺境の蛮族如きがぁ！」

続いて振るわれる槍に対し、俺は刀を横に向けて受け流す。そして前進しながら距離を詰め、渾身の力で馬ごと敵兵の胴体を斬り裂く。

「ぐぅ……！」

隣を見れば師匠も敵兵と馬を仕留めていた。

いけるか……!?　いや、敵はまだまだ数が多い。対してこちらは2人、体力の限界はどうしても先に訪れる。

「ええい、何をしておる！　相手はたったの2人、全員で突っ込め！　あの皇国人どもを踏み砕けぇ！」

敵の指揮官らしき男が大声で命令を出す。

まずい……！　さすがに一度に来られたら、ひとたまりもない……！

1人2人は斬れても、物量で押しつぶされてしまうだろう。だが敵兵たちはやや戸惑っていた。

「早く行けぇ！　俺の命令が聞けないのかぁ！」

再び怒声が響き、騎兵が突撃してくる。その瞬間、橋が大きく揺れた。

「く……！」

「無茶をしおる……！　ヴィル！　いつでも走れるように準備しておけ！　橋がもつか分からん！」

馬も武器を持った兵士も、かなりの重さがある。そのため敵も一度に橋を渡る人数に慎重になっていたのだろう。

だが今はかなりの数の騎兵が、橋を大きく揺らしながら突撃してきている。足場もおぼつかないし、場所取りも難しいぞ……！

「おおおお！」

それでも敵は向かってくるので、戦い続けるしかない。

俺は騎兵たちを渋滞させ、衝突させようと地面すれすれまで腰を落として馬の足を狙う。だがちょうどその時、橋はひときわ大きく揺れた。

「うわ！」

「ヒヒィィン！」

「し、鎮まれ！」

俺たちが立っていた場所は、橋の真ん中あたり。つまり一番揺れが激しい場所だ。

さっきまで上下に揺れていた橋は、今は左右にも大きく揺れていた。いろんなところからミシミシといやな音が鳴り続けている。

そこにあまりの揺れに馬が暴れたため、一瞬ではあったが敵兵の動きが止まった。

「ヴィル！　こうなっては仕方がない！　一度向こうに渡るぞ！」

「はい！」

そうして真後ろを向いた時だった。師匠は既に少し先へ進んでいたが、急に妙な浮遊感が襲い掛かる。

「…………！」

そして後方から聞こえてくる悲鳴。間違いない、とうとう橋が壊れたのだ。

「くぅ！」

真っ二つに割れた橋は足場がだんだん垂直になっていく。俺は軽やかな身のこなしでできる限り前に進み、橋が完全に垂直になった時にはどうにか端にある縄を掴んだ。

後ろからは騎兵や馬の叫び声が聞こえてくる。彼らはなすすべなく川へと落ちたのだろう。

「ぐっ⁉」

俺自身は落ちはしなかったが、縄に掴まっていたため身体が向こう岸の崖に叩きつけられる。

師匠も同じく上の方で縄を掴んでいたが、俺の姿を見て安心した表情を見せていた。

「橋を斬り落とす手間がはぶけたわい。さっさと上がるぞ！」

「はい……！」

師匠は元々橋の上の方にいたので、さっさと登りきってしまう。

俺も刀を鞘に戻すと、両手を使って縄を上り始めた。

（よかった……！　どうにかみんな無事に渡りきることができた……！　これで敵もしばらくは追ってこられない……！）

初めて自分の身につけた実力に意味を見出せた気がする。そんな思いを抱き、真上で待つ師匠を目指して……。

「ヴィル！」

師匠の叫びが耳を打つ。その瞬間、さっきも見た光の槍が真横に突き刺さった。

「な……！」

後ろを振り向くと、敵指揮官らしき男が何かを叫びながら飛び跳ねている。

俺たちを逃がしてしまったのが、よほど悔しいのだろう。腹いせにまだ橋を登りきれていない俺を狙ったに違いない。

「早く！　早く上がってこい！」

このまま的になるのはごめんだ……！

俺は焦りながら橋を登り続ける。だが次に飛んできた光の槍は、俺の真上に突き刺さった。

「あ……」

その槍は掴んでいた縄を貫いていた。師匠が両目を大きく見開いて俺を覗き込んでいるのが見える。

だがその距離がみるみる離れていく。そして。

「ぐぁ……⁉」

俺は流れの速い川の中へと吸い込まれてしまった。

◆◇◆◇◆◇

「……マイバルめ！」

鉄剛騎士団団長アドルドンは、マイバルの独断行動に強い怒りを覚えていた。彼はまだ日が昇っていないうちから騎兵を叩き起こし、勝手に軍事行動に出たのだ。

皇都北から出たあやしい集団を追うのはいい。だがマイバルであれば、その集団に民間人がいようが必ず暴虐の限りを尽くす。

別にそれ自体を否定するわけではない。帝国の歴史は力による支配と、特権階級による搾取だからだ。良い悪いの話ではなく、そうして歴史を積み重ねてきた。

しかし今は時期と相手がわるい。これ以上武人との戦い以外で、皇国人をいたずらに刺激したくはなかった。

侵略軍総大将であるアドルドンにそう思わせただけでも、武人たちの強さとこれまでの戦いぶりには意味があると言えるだろう。

「間に合えばいいが……」

既に自分の部隊に後を追わせている。皇都から脱出した者を見つけたら、ただちに手厚い保護をするようにと伝えてあった。

おかげで皇都を攻略する上での部隊分けをまた考え直さねばならない。なにせ十中八九、皇国は降参しないからだ。

「……4……いや、5日か……」

帝国軍が皇都を完全に支配下に置く時間を目算する。


だがこの後、皇国軍は予想以上の抵抗を繰り返し、皇都を完全に占領下に置くまで20日かかった。

さらに皇族は最後に自決し、帝国は長きにわたって武人たちから遊撃戦を挑まれることになる。

◆◇◆◇◆◇

遠い日のことを思い出す。世界は立派な建物と母上たちだけだった。

先生たちからは高度な教育を受け、貴族としての教養を身につけていく。弟妹たちとたまにお茶会をしては遊ぶ。

そんな伸び伸びとした毎日を送っており、自分の将来に不安も不満も抱いていなかった。

8歳で右目に刻印が発現した時、当時は少し騒ぎになった。皇宮警備隊の隊長も珍しい発現場所だと言い、なんと皇帝陛下が俺の刻印を見るためにわざわざ皇宮まで来てくれたのだ。それが最初で最後になる父上との対面だった。

いったいどんな刻印術に目覚めたのか。これまで皇帝一族の刻印を記録してきた文官も興味津々だった。

まぁ発現した能力は両手に黒い手甲が顕現し、腕力が上がる程度のものだったのだが。

しかし戦い向きと言えば戦い向きだ。将来どこかの領地か他国に出されることは決まっていたが、あるいは騎士団を率いる可能性もあるとされ、剣の稽古も本格的になった。

そんな日々はなんの予兆もなく砕かれる。いや、俺がその予兆に気づけていなかっただけなのだろう。気づけたところで、当時それを乗り越えられるほどの力はなかったが。

そして第二の故郷であるアマツキ皇国でも、また俺は全てを失ってしまった。今回もやってきたのは帝国だ。

この地で武人として一生を過ごす。そう決意した矢先の出来事だった。

なんなんだ……いったい俺がなにをしたというんだ……。

何が足りなかった？　どのタイミングでどうしていれば、未来を変えることができた？　分からない……何も分からない……。

武人として強くなるだけでは足りなかった。では俺に強い立場があれば、話は変わっていたのだろうか。

その強い立場とはなんだ？　何ができる者を指す？

立場に強弱があるのは、いやというほど思い知っている。かつてはそれ故に母上を目の前で失ったのだ。

もう自分の大切なものを……居場所を失いたくない……。これまで自分が身につけた強さに、答えと意味が欲しい……。

帝国軍の追手を見た時、俺は決意を固めた。答えと意味を得るために、ここに残って戦い続けると。そして師匠はそんな俺の気持ちに応え、共に残ってくれた。

もう答えは出たのだろうか。意味は生まれたのだろうか。みんな……無事に草原へ向かえているのだろうか。

それに皇都に残ったキヨカは今も無事なのだろうか。俺の決意がマヨ様を草原に届けたのだと認めてくれるだろうか……。

「ぐ……っ！」

全身に鈍い痛みが走る。俺はゆっくりと両目を開いた。

「が……はぁ……はぁ……」

どこだ……ここは……。どうしてこんなに全身が痛い……？

「そう……だ……。おれ、は……あのとき……かわに……なが、されて……」

どうやら濁流に流され、そのまま海に出たらしい。

俺は今、岩肌にひっかかるように全身が固定されていた。波は容赦なく身体にかかるし、正直かなりしょっぱい。

「どこまで……ながされ、たんだ……？」

川に流されて海に出たにしては、周囲にあるのは断崖絶壁の岩肌だけだ。それがどこまでも続いており、とても登れそうにない。

「ん……？」

ふと視線を横に向けると、少し先に刀が岩の間に挟まっているのが見えた。

間違いない。師匠より賜った神秘の刀、桜月刀だ。同じところに流されてくるとは……。

いや、案外あの刀が俺を守ってくれたのかもな。桜月刀はその製造工程からして、皇族の特殊な力が宿ると言われているし。

「うご……け……！」

少し身体を動かしただけでも、全身が悲鳴をあげる。そうとう長い時間、身体を動かせていなかったのだろう。

筋肉は固くなっているし、長く海水に浸かっていたおかげで皮膚はふやけている。

「ぐぅ……！」

ゆっくり慎重に岩肌を移動し、どうにか刀を手にする。

「はぁ、はぁ、はぁ、はぁ……！」

これだけでかなりの体力を使った。

まずいな……意識を取り戻したのはいいが、早く食料や水を確保しないと。このままでは死んでしまう。

「はぁ、はぁ……。ん……？」

刀を取りに移動したことで、俺はその先の岩肌にくぼみがあるのを発見した。

角度的にさっきまで隠れて見えていなかった場所だ。そしてそのくぼみの先に洞窟が見えた。

「なんだ……洞窟……なぜ……」

大自然の話だし、洞窟くらいはあるか。とにかく今はどこか地に足をつけられる場所へ移動したい。

そう考え、ゆっくりと岩肌越しに移動を開始する。そしてどうにか洞窟の入り口までたどり着いた。

入り口こそ海水で浸かっているが、その先には地面が見える。俺はホッとしてそこまで移動した。

「はぁ……どうにか……休めるか……」

全身がだるい。よく生きていたものだ……。

「………？」

今さらながら普段よりも視界が広いことに気づく。右目に触れてみると、いつも付けていた眼帯が外れているのが分かった。

「さすがに……海に飲まれたか……」

こうなっては仕方がないな。というか意識したら、いきなり視界の広さに違和感を覚えるようになった。

皇国からはなれた以上、もうこの目を隠す意味もないのか……？

「ぐぅ……とりあえず……やす……もう……」

地面の上に座れたことで安心したのか、一気に疲れが襲いかかってくる。俺は眠気に逆らえず、そこで眠りについた。

「ん……」

なんだ……身体が……濡れている……？

うるさいくらいに聞こえる波の音で目を覚ます。そして驚きで思考が一瞬固まった。

「…………っ！」

なんと身体が海水に浸かっているのだ。今は壁際まで流され、そこの岩肌に身体がひっかかっている。

　さっきまでちゃんと地面があったはずなのに……！

「潮の……満ち引きか……！」

　く……！　ここも安全ではない、とにかく海水が満ちる前に洞窟を出なければ……！　そう考えて入り口を見る。

「うお……!?」

　既にその入り口は小さくなっていた。今から洞窟を出るには、まず入り口まで泳いでいかなくてはならない。だが。

「俺……泳げないんだけど……!?」

　そう。これまで遊泳なんてしたことがないし、ましてや鍛錬も積んだことがない。

　それに海水の中でこんなに固まった身体を動かしても、まともな挙動ができるはずがない。足をもつれさせて沈んでいく未来が鮮明に見える。

「せめて身体が十全に回復していればよかったのに……！」

　それならまだなんとか不器用なりに泳ごうとしたかも知れない。

　しかし海面が上昇したことで、段になっている洞窟の奥へと上がれるようになっていた。幸いそこには腰を落ちつかせられそうだ。

「ぐ……！」

入り口とは逆方向に進み、段の上へと上る。そして入り口は完全に海水によって塞がれた。明かりも入ってこなくなったので、完全に真っ暗になる。

「さすがにこれ以上は……海面も上がってこないよな……？」

思えば下の地面には貝殻が多く見られた。暗い地面を触ってみるが、上の地面には貝殻の数も少ないように感じる。

「少し流れてくるかもだが……海水に浸かるということはなさそうか……？」

少し寝たおかげで、多少は体力が回復した。その頭でこれからのことを考える。

（このまま待てば、また海面は下がるのか……？　そしたら外に出る？　いや、外はずっと断崖絶壁が続いていた。登ることは不可能。では岩肌伝いに移動する？　どこまで続いているのか分からないのに？　その間の食べ物や水は？　まともに足がつかないまま、体力はもつのか？）

そもそも長く岩肌で意識を失っていたからか、全身が痛い。おそらく複数個所で打撲を受けている。

だがこのままここにいても朽ちていくだけだし、やはり一か八か外に出て移動するしかないだろう。

（そうだ……それにマヨ様や師匠たちも、カーラーンさんの案内で草原へ向かったはず。そこまで行ければ……またみんなと会える……）

　ふと「会ってどうする？」という疑問が頭に浮かぶ。

　帝国に居場所を奪われる恐怖を感じながら、一生を草原で暮らす？　また帝国軍が現れたら、今度はどこに逃げる？　そもそもまた逃げるのか？　奪われる立場の者は、一生その立場から逃げられないのか？

「…………！」

　俺の知る中で、最強の剣士は師匠だ。その師匠ですら帝国軍から皇国を守ることはできなかった。せいぜいマヨ様を始めとした、少しの民を守れるくらいだ。

　なぜか。それはやはり師匠も個で強くとも、立場が強くなかったからだろう。

　最強の立場。それは皇国の皇王ではなく……帝国の皇帝だ。

　立場が強ければ、個の実力者でさえ自分の強さとして使うこともできるのだ。例えば皇国を侵略した黒鉄の重装歩兵たちのように。

「くそぅ……」

　気づけば涙が流れてきていた。もう疲れたのだ。奪われる立場でい続けることに。そこから抜け出せないことに。

　マヨ様のことを思い出す。彼女は……今、何を考えているのだろうか。

　彼女も俺と同じはずだ。奪われ、そして大切な居場所を失った。だがあの時話したマヨ様は、小柄ながらとても気丈な女性に見えた。

きっと兄との約束が……そしてこれまでの皇国における日々が、彼女の中で強く輝き続けているのだろう。

それはきっとキヨカも同じだ。武人としての誇り、血族と最後まで皇都に残って帝国に抗うと決めた決意。この輝きはたとえ帝国の騎士といえど打ち消せはしない。

「俺にも……俺にも、そんな輝きが……あれば……」

きっと人はその輝きを、生きる意味だったり人生を賭しても成し遂げたい目標と呼ぶ。あの時、俺が橋の上で見つけたいと願ったものだ。

「……いいや、まだだ」

まだ今からでも見つけられる。こんなところで泣いて人生を儚(はかな)んでいる場合じゃない……！　まずはなんとしても、ここから生きて出るんだ……！

「そうだ……俺はまだやれる……！　やれるんだ……！」

全身に力を入れ、なんとか立ち上がる。既に周囲は真っ暗で何も見えないが、まずは一晩寝られるスペースを確保しなければ。

そう考え、足を進めながらなるべく平たい場所を探る。そして。

「は……？」

自信満々に踏み出した先に地面はなく、体幹バランスを大きく崩した俺は、そのまま真下へと落下していったのだった。

「ぐ……うぅ……」

どうやら落ちた先で眠っていたらしい。全身の痛みがひどくなっている。上から落下した時に身体を打ったのだろう。

しかしダメージはともかく、しっかり寝たおかげで体力は戻っていた。それに頭もスッキリしている。

「ぬぅ……真っ暗だな……」

当然だが明かりが何もないので、周囲の様子を見ることができない。しばらく考えて俺は刻印を発動させることにした。

「まさかこういう形で、刻印をありがたいと思う時がくるとは……」

両手が黒い手甲に覆われ、そして右目が輝いたことで周囲の景色が見えるようになる。

発動させた刻印がどれくらい光るかは個人差がある。だが眩いくらい強く輝く……ということはない。俺の刻印も少し光る程度のものだ。

しかしこの明かりが存在しない漆黒の世界では、この程度の明かりでも周囲を照らすことができた。

「これは……」

改めて周囲を見渡す。上はまったく何も見えない。壁は取っ掛かりが見当たらず、ここを登るのは難しそうだ。

周囲からは磯とカビの匂いがする。そして洞窟はさらに奥まで続いていた。

「ふぅむ……？」

洞窟自体は結構広い。俺は改めてここがどこなのかを考えてみる。

海に出たということは、皇都から見て東にあるのは間違いないだろう。

皇都東部は一部海岸線が続いているし、少し移動すれば海に面する陸地は断崖絶壁になっている。

そういう地形だからこそ、草原に向かう途中にある川で、そこそこ高い位置に橋が通されていたのだ。

(あの時点で皇都より北に移動していた……ここは皇都から見ると、北東に位置しているのか……？)

橋を渡った先は山を越えることになる。案外この先の洞窟はその山の真下になっているのではないか。それにもしかしたら。

(このまま進めば……外に出られる……？)

分からない。しかしここから元の場所へ戻るのは困難だし、かなりの体力を消耗する。食べ物にも不安がある今、あまり体力は使いたくない。

「……行くか」

俺に残された時間は少ない。おそらくあと少し歩けば、喉はカラカラになるだろう。その前になんとか活路を見出さなければ。

◆◇◆◇◆◇

アマツキ皇国の皇都が陥落し、帝国の支配下になって30日後。ゼルトリーク帝国の帝都ゼルトスタッドでは、何度目かの戦勝パーティーが開かれていた。

「辺境の小国がようやく黙りましたなぁ！」

「あの国はいろいろため込んでおると聞く。これで我らが帝国はますます力をつけるでしょう！」

貴族たちは浮かれ、皇帝と帝国騎士団を褒め称える。そんな者たちから距離を取り、１人酒を飲む男がいた。

彼の名はアーロストン・ロンドニック。数年前に若くして帝国騎士団総代の地位に就き、騎士団内部の大改革に着手した男である。

「ここでしたか」

「……やぁアドルドン」

皇国を侵攻する指揮を執っていた鉄剛騎士団団長アドルドンも、皇都から戻ってきていた。今は甲冑姿ではなく、貴族らしい恰好をしている。

占領政策や旧皇国領統治は彼の仕事ではない。彼は帝都から派遣された軍や代官と入れ替わりに、騎士団を率いて帝都に帰還したところだった。

「このパーティーの主役がこんなところにいていいのかい？」

「主役ではありませんよ。皆こうして騒げる理由があれば何でもいいのでしょう」

「ふ……違いない」

アドルドンはアーロストンより年上だが、決して彼を見くびってはいない。今の帝国騎士団は彼がいなければ立て直しもできなかったし、ましてや精強な軍隊に生まれ変わることもなかった。

まさに新たな帝国の時代を作るために生まれてきた男だろう。もう少しで帝国は国土統一のため、本格的に動き出すことができる。

「皇国はどうだった？」

「大軍を動員しての戦の経験。これがなかったことが幸いでした。これまで領土野心的なものを抱いていなかったのは、その気質によるものでしょうが……もしその気があったのなら、今頃この大陸に版図を広げていたのは皇国だったかも知れません」

「それほどか……」

アーロストンもアドルドンの報告には目を通していた。

戦いが始まる前に皇国の地理や戦力は調べていたが、皇国人の独自文化や性格などは気にしていなかったのだ。そのため戦争には勝ったものの、予想外の出来事が多かった。

「皇王の最期も報告で見たが……見事なものだな」

「はい。側を固めていた親衛隊もとても精強で、こちらの精鋭が何人も失われました」

「覚悟を決めた一国の王と、その従者か……。今の帝国にそこまでの気概を持つ者がどれほどいるものかな」

少なくとも皇帝はそれほどの覚悟を決められる男ではない。口には出さないが2人ともそう考えていた。

アーロストンとしては、今回の遠征は生まれ変わった騎士団の実地訓練のつもりでもあった。皇国のことを調べた上で、これなら訓練相手にちょうどいいと考えたのだ。

だからこそ皇帝に裁可を取り、騎士団を動かした。また皇国の財や資源を取り込みたいと考えたのも事実である。それらを活用して領主連合に対する備えを完成させる算段だった。

しかし予想外の被害……鉄剛重装隊から幾人もの死者を出してしまった。

帝国騎士団全体から見れば微々たる損失だが、彼らは1人1人が専門性を高めたエキスパートだ。時と場合によっては、雑兵50人より価値が勝る。少なくとも領主が抱える軍よりも優先順位は高い。

「不安要素はいくつかあります。皇族が死んだことで、元皇国民たちは帝国を強く恨んでいる。これからも抵抗は続くでしょう」

「ふむ……他には？」

「はい。皇族で1人、行方が掴めていない者がおります。おそらく……」

「ああ、北へ逃げた可能性があるのだったね」

行方不明の姫は不安要素である反面、帝国にとって利用価値が生まれる可能性がある人物でもあった。

もし姫が生きていてどこかで挙兵すれば、旧皇国民たちも立ち上がるだろう。何せ彼らは自分の命よりも皇国民としての誇りを優先する人種だからだ。

それに領主連合が保護すれば、彼らの誰かと姫を間違いなく婚姻させる。そうなると皇国を取り戻すという大義名分を得て挙兵も可能になる。

実際に皇国を取り戻せなくとも、姫が挙兵したという事実が伝われば、せっかく支配下に収めた皇国領で反乱が起こるのは必至だった。

一方で帝国が保護できた場合は少し話が変わる。これを丁重に扱い、皇帝と婚姻させられれば。旧皇国民や武人の生き残りに対して融和を図ることが可能になる。

時間はかかるが、ゆるやかに皇国は完全に帝国の一部となるだろう。
「すぐに橋を修復し、捜索隊を組むべきです」
「ああ。私もそう陛下にお伝えしたのだが、今でなくていいだろうとかわされてしまったよ」
「は……？」

アーロストンとしては、現場で見聞きしてきたアドルドンの意見を尊重したいと考えていた。

だが騎士団は帝都に帰還したし、現在皇国領へ入っているのは文官や執政官、そしてそれらを補佐する帝国兵である。その管轄は皇帝や他の中央貴族になる。

「そんな小娘1人、生きていたところで何もできんとね。まずは占領した皇国領の統治を優先し、橋の修復は余裕ができてからでもいいだろうと言われたよ」

「…………」

皇国が帝国領になった今、その財政を使って橋を整備する判断を下すのは騎士団ではない。そして最高意思決定者の皇帝が一度そう判断した以上、現場の執政官たちがすぐに橋の修理を行うとも思えなかった。

「だが、その橋を渡った連中の行き先は予想がつく」

「……どこです？」

「ラーバ草原だろう」

「ラーバ草原……帝国最東の辺境ですね」

地図では帝国領となっているが、実際に住んでいるのは遊牧民だけである。

帝都からはあまりに遠く、また道もまったく整備されていない。そこに多大な時間とコストをかけて町を作り、街道を整備したところでメリットも小さく、そもそも住みたがる者もいないのだ。

草原には8つの部族が存在し、帝国との窓口はムガ族が務めている。彼らは従属の証として年に何頭か馬を献上し、帝国はそれを受け取る。ただそれだけの関係だった。

力で支配しようにも草原は広く、どこに何人いるかも分からない遊牧民たちを支配下におくのは簡単ではない。またそれほど離れた土地に大軍を向かわせられるほどの財政的な体力も物資もないのだ。

そのため今も間接的な支配が続いている。幸い彼らもどこかのんびりとしており、帝国に対して翻意はないので、ずっと放置されている存在だった。

「知られたのはごく最近だが、草原の民と皇国は薄いながらも取引があった。おそらく山野を越えれば、行き来は可能なのだろう」

とはいえ口で言うほど簡単ではない。地図を見るだけでも山越えをせねばならないし、他にも樹海など難所がある。

「なるほど……北へ逃げたというのなら、草原を目指している可能性はありますね」

「ああ。だが案内人もなくたどり着けるとも思えないがね」

むしろ不可能だろう。そもそも道ができるくらい行き来が活発であったならば、もっと草原と皇国民の交流は深かったはずだ。

「……姫の捜索に、草原へ部隊を送りますか？」

アドルドンの言葉にアーロストンはなんとも言えない曖昧な笑みを浮かべた。

「それはできないよ」

「と、申しますと？」

「もちろん姫の重要性は理解している。だがそもそも私は姫が草原へたどり着けるとは思っていない。そして草原に部隊を送ったとして、どうやって探し出す？　あの地を迷わず進めるのは8つの部族だけだ。そんな地へ、いるのかも分からない姫の捜索のために、いったい何日分の食糧とどれくらいの兵数を送ればいいのだ？」

「…………」

せめて草原の入り口に砦でもあればまた話は違ったのだが、外敵もいないのにわざわざ常駐軍や砦を建設するコストもない。

また皇国はそもそもどこの国とも親交は無かった。姫が今さら同じ帝国人である領主連合と結びつき、挙兵するとも思えない。

万が一草原まで逃げられたとして、そこから一生出てくることはないだろう。

それならそれで帝国にとって邪魔にはならないのだ。皇国領も姫を活用できないものとして、支配体制を構築していけばよい。

「とは言え、直接皇国人を見た君の不安ももっともだ。すぐには準備できないが……何人か適当な傭兵を送り出すとしよう」

「感謝します」

「今は西への対応にも追われているからね。1年くらい先になるかも知れないが、そこは大目にみてくれよ」

◆◇◆◇◆◇

「みなさん。ようこそ我らが大地へ」

「ここが……」

「帝国最東の地……」

橋上の激闘を終えて約3ヶ月後。カーラーンたちはとうとう山と樹海を越えて草原へとたどり着いていた。

カーラーン1人であれば1ヶ月くらいの距離であったが、さすがに大人数で子供もいるとなるとその足は遅くなる。マヨは前に出ると、改めて草原を見渡した。

「すごい……大地がどこまでも続いている……」

「我ら草原の民はみなさんを歓迎します。今の時期だと、我がムガ族はもう少し北東に進んだところにいるでしょう」

少しの休憩を挟み、一行は再び歩き出す。後方を気にしなくてよくなったことで、キリムネは先頭を歩くカーラーンの隣へ移動する。

「ここまでの案内、助かった。皇国人として礼を言う」

「何をおっしゃるのです。元々我らも皇国人の作る道具に、日々の生活を助けられていましたし……それにこの地で育てた馬を大切にしてくださっていた。その点だけでも皇国人を迎え入れる理由には十分でしょう」

カーラーンとしては数ヶ月ぶりの、そしてキリムネからすれば数年ぶりの草原になる。

祖国を失ったキリムネも、落ち着いたらこれからの生き方を模索しようと考えていた。

「……なつかしいの。あの時はまだヴィルも小さかった。よくあの小さいなりで皇都まで行けたものだ」

「…………」

「こんなことなら……泳ぎの鍛錬も積ませておくんだったわい」

ヴィルが濁流にのみ込まれたのはカーラーンも目撃していた。勢いも強かったし、そのまま海まで流されていったのは想像がつく。

カーラーンとしてもキリムネとしても、ヴィルを探しに行きたかった。だがその場にいたのは2人だけではない。

マヨなどの皇族の他に、幾人もの子供を含む民たち。彼らを放置してヴィルを探しに行くことはできなかった。

カーラーンは声を抑えてキリムネに話しかける。

「ヴィルは……ただの戦災孤児ではなかったのでしょう？　おそらくは高位貴族の生まれと見

ているのですが……」

「ほう……どうしてそう思う？」

「所作が違いますからね。明らかに教育を受けた者だと分かります。それに刻印も持っていた」

刻印を発現させる条件は幻皇グノケインの血を引いていることである。そして略奪した先で平民を犯す貴族がいるように、平民の中にも刻印持ちは見られる。

しかしカーラーンはヴィルに関しては十中八九、帝国の高位貴族だろうと考えていた。

「よく考えてみたら、ムガ族は帝国政府との窓口も務めておったんだったの。貴族の所作についても知っておったわけか」

「もちろん詳しいわけではありませんが……私は部族の中でも、特に貴族との対応をよく任されているので」

だからこそ皇国の姫に対しても、無礼のない態度を取ることができていた。

草原には8つの部族が存在しているが、それぞれ上下関係はない。各々に果たすべき役割があり、そして助け合っているのだ。

「……少しよろしいでしょうか？」

いつの間にかマヨが近くまできており、2人に声をかける。カーラーンは構いませんよ、と柔和にほほ笑んだ。

「カーラーン様、キリムネ様。改めてお礼を。ここまで無事にたどり着けたのはお二人のご尽力と、そしてヴィルが命を懸けて戦ってくれたおかげです」

「……ありがとうございます。マヨ様のその言葉を聞けば、ヴィルも大層喜ぶことでしょう」

この一行の中で犠牲者はヴィル1人だけだった。だが彼が橋に残って戦い続けてくれたのは全員が知っている。

「わし1人であったら、騎馬兵のいくらかは通しておったでしょう。そして2人で帝国兵を食い止めていたからこそ、敵は焦って突撃を行い橋は崩れた。……まったく。なんでわしが生き残ったのか。位置が逆じゃわい……」

キリムネはあの時のことを強く後悔していた。そしてマヨもカーラーンも、「きっと彼は生きてますよ」「待っていたら草原に来ますよ」なんて安っぽいことは言わない。

だからこそ彼に対して素直に感謝を口にする。あの時のヴィルの健闘があったからこそ帝国の追手を撃退し、こうして全員草原にたどり着くことに繋がったのだから。

カーラーンは一度目をつむると前を向いた。

「彼は皇国民と私をこうして助けてくれました。草原の民は受けた恩を忘れません。あなたがたを迎え入れることで、彼への恩返しとさせていただきましょう」

そう言いながら、妹のことを思い出す。妹のリーナはヴィルによく懐いていた。皇国から帰ってきたら、真っ先にヴィルに会えたか聞かれるだろう。

本来であれば、一緒に草原に帰ってこられる予定だった。またヴィルであればリーナと結婚して、いずれムガ族族長となる自分を助けてくれる。そんな予感もあった。

（……今日中にはみんなと合流できそうだな）

久しぶりとなる家族との再会。だがその胸の内は決して明るくはなかった。

第七章　洞窟の奥　試練の日々

「ぐぅ……！　はぁ、はぁ……！」

　明かりがまったくない洞窟の中で過ごし続けているため、時間の感覚がまったくない。あれからどれくらいの月日が経ったのか、想像もできない。

　数時間、数日、あるいは数ヶ月？　とにかく刻印の明かりがないと、すぐに気が狂ってしまいそうだ。

「み……みず……！」

　微かな水音を頼りに、壁に向かう。この洞窟には何ヶ所か、壁を伝って水が流れている場所があった。俺は岩肌に口をつけながら水を貪る。

「はぁ……！　…………っ！」

　そして気配を感じ、その場を飛び退いた。同時に刀を真横に振り抜く。

「ピギュア！」

「く……！」

　刻印に薄く照らされ、姿を見せたのは四本脚の不気味な生き物だった。

　うごめく内臓のような胴体は血管が走っているところがよく見え、口は大きく裂けている。

だが目がない。見ているだけで嫌悪感を抱くような、そんな怪物だ。

「ピッギュルアアァ！」

怪物は気づけば目の前に現れた。俺は咄嗟に刀を前に出して牙を受け止める。

「お……おおおおお……！」

素早く刀身を戻し、身を屈めながら右へ飛ぶ。そして獣の突進を受け流し、その側面に斬りつけた。

「ピギュルアアァ！」

「ふんっ！」

間髪いれず斬り裂いた傷口を、手甲で覆われた拳で殴りつける。獣は壁まで飛ぶと、そこで内臓が破裂したように肉片を四散させた。

「はぁ、はぁ……！　いったいなんなんだ、この洞窟は……！」

どういうわけか、ここにはこんな不気味な生物が闊歩していた。俺の刻印は辺り一面を照らせるわけではない。あくまで周囲をほんのりと明るくするだけだ。

だが奴らはこの明かりを頼りにしているのか、遠くから一直線に襲い掛かってくる。

元々片目での戦闘に慣れるため、攻撃の気配には人一倍敏感なつもりではあったが、これまでに何度も傷を負っていた。

だがわるいことばかりではない。俺は壁を伝う水を飲み、そしてこの獣の肉を食らうことで生を繋げられていた。ただし。

「う……！　く、くさい……！」

当然ここには火なんてものはない。たまに水が溜まっているところがあれば、裂いた肉の血を洗う時があるが、たいていはそのまま食らう。

血や臓物はとんでもなく臭いし、歯ごたえも悪い。しかし吐くわけにはいかない。

「んぐ……っ！　さ……最初の頃よりは……な、慣れた、が……！」

元々明かりがないためか、ここらで見る不気味な生物たちには目がなかった。しかしこちらに害意を持って襲い掛かってくるのだ。

そんな日々を過ごすうちに俺は足音を消し、自分の気配を薄くして歩く術が身についていた。それでもこうして襲われてしまうのだが。

それに刻印はずっと発現させ続けられるわけではない。長く発動させると体力の消耗も激しいし、一度しっかり休まないと再度の発動はできない。完全な真っ暗闇になる時間はどうしても発生する。

そういう時でも奴らは襲いかかってくる。今の俺は生き物の気配に対し、とんでもなく過敏になっているだろう。

（本当に……なんなんだ、ここは……）

一度心の底から恐怖を感じたこともある。ふと刻印で照らすと、そこには俺の腕くらいは大きい怪物の足爪があったのだ。

爪だけでそれほど大きいのだ、身体はもっと大きいだろう。幸いその怪物は眠っていたため、俺は音を立てないようにその場を離れた。全貌は当然確認していない。

それにさっきの怪物はまだマシな方だが、中には鉄のような硬さを持つ怪物や、戦闘力が高過ぎる二本足の化け物もいる。

それらと命をかけた死闘を繰り返し、怪我を負いながらもなんとか生きることができていた。

(俺の刻印術も随分と成長した……)

以前までなら腕部分を覆う手甲だったのが、今では肩部まで覆えるようになっている。刻印術は成長するというが、ここで死闘を続けるうちに俺の刻印も成長できたらしい。

そしてこの暗闇での極限状態は、俺の内面にも新たな成長を促した。

いや、成長とは違う。分かったのだ。自分の非力さと立場について。力とはなんなのかということについて。

(個の強さ、そして立場で得る強さ。あるのは奪う側か奪われる側か。蹂躙するかされる側かというだけのこと)

俺は常に奪われ、蹂躙される側だった。それに抗うための強さも立場もなかった。だから俺は常に負けるんだ、立場が弱いから……と、言い訳をしてきた。

立場とは何か。生まれなのか。それもあるだろう。だが自分で掴み取ったものではない。

今の皇帝にせよ、たまたま自分が権力を振るえる立場に生まれたから得た強さに過ぎない。

人は生まれながらに平等ではないのだ。しかし生きてもがいて掴み取るものに対しては公平である。

師匠がいい例だろう。権力はともかく、その長い生で身に付けた剣技は他の追随を許さない。これは師匠が掴み取ったものだ。

そして、生まれの立場で言えば、俺も決して負けてはいない。皇位継承権は低くとも、先代皇帝の息子という事実は覆らないのだから。

それだけの強い立場を持っていながら、どうして皇国を守れなかったのか。出た結論は、立場とはそもそも移ろうものだから……というもの。

先代皇帝が謎の病死を遂げたように、帝国の皇帝とてその立場は簡単に移ろう。

俺は今まで「立場が弱いから、個で強くなっても負けていたんだ」という思考に囚われていた。

確かにそれもあるだろう。だがこの世に絶対の立場なんてものは存在しない。

そんなあやふやなものに俺は絶対的な強さを見出そうとしていた。なんと愚かな。目の前の分かりやすい権力に飛びつく貴族の如くだろう。

そんなものに囚われたくはないし、ならば本当の強さとは何か……と、自問自答する。まだその答えは見えない。だが。

自問自答を繰り返すことでこれまでにない、静かすぎて逆に耳が痛くなるような静寂が精神に宿る。波が立たない水面のような状態だ。

極限まで集中力が高まったこの状態の俺は、鉄のような皮膚を持つ怪物の身体を容易く斬り裂くことができた。今なら黒鉄の重装歩兵すら、甲冑ごと寸断できる自信がある。

（高位の武人は鉄を斬れると聞いたことがあるが……ここでの生活が俺の剣腕を一段上へと押し上げた。まだ成長できる……ここで死ぬわけにはいかない……）

真っ暗な空間で怪物が四六時中襲いかかってくるという、地獄のような環境。常人ならすぐに精神を崩壊させるだろう。

だがこの環境を活用することで、俺の精神と肉体は新たな領域へと足を踏み入れていた。いや……この異様な環境に適応したのかも知れない。そうしなければ死ぬのだと覚悟を決めて。

どれほどの絶望を前にしても、俺は決して生を諦めなかった。キヨカが、そしてマヨ様が今もどこかで生き抜いている。それに師匠やカーラーンさんも一緒のはずだ。

別れ際に感じたキヨカの体温も俺に生への活力を与え続けてくれていた。必ず生きて己の役割を全うし、彼女にふさわしい男となる。再会を果たした時、これなら我が夫にふさわしいと認めてもらう。

これも未だに出口を見つけられないこの地で、俺の精神を強く支え続ける源となっていた。

数えきれないほどの戦いを経て、俺の剣筋も随分と変化したと思う。そもそもこれまで対人戦ばかり経験を積んできたのに、ここではその技術がまったく役に立たないからな。

より実戦向きになり、洗練されたと思う。力の込め方や動作から無駄を省き、いかに速やかに相手を仕留めるか……そんな剣になった。

とはいえ桜月刀がなければ、ここまで成長できなかっただろう。決して折れず錆びず刃こぼれしない、神秘の刀。刀身を作る皇桜鉄は特殊な製法で精製されており、その過程で皇族の血が混じるとも聞く。

師匠からいただいたこの刀がなければ、怪物と戦い続けるうちに使い物にならなくなっていただろう。

(しかしこの洞窟はいったいなんなんだ……)

どうして怪物が跋扈しているのか。大陸の地下はこいつらの領域になっているのか……？

ふと創生神話を思い出す。女神がこの地に数滴の涙を落とす前、大陸は魔獣が支配する地であり、人間は隠れ住んでいたというものだ。

最初の刻印持ちとなったという幻皇グノケインは、大陸各地を渡って魔獣たちの支配から人間たちを解放していった。

(目を合わせるだけで女性を妊娠させたという逸話といい、この手の話は大げさに誇張されたものや想像上の話をつなぎ合わせたものだという認識だったが……)

創生神話は各国で知られているが、大陸中心部に位置するとある国が中心になって広めている。その国では女神が篤く信仰されているのだとか。

この地下世界の怪物と創生神話の関係性は何も分からない。だがグノケインが戦ったという魔獣は、もしかしたら、この地に跋扈する怪物に近しいものだったのではないか。魔獣というのは実在していたのでは。

集中力が磨かれる環境だからか、次から次へと思考が広がっていく。だが次の瞬間、俺は即座に刻印を発動させると、その場を飛びのいた。

「く……！」

俺のいた場所をものすごい勢いで何かが通りすぎていく。刀を構えて前方に視線を向けると、そこには一匹の怪物が確認できた。

普段の俺であれば、極限まで集中力を高めて怪物との戦いに臨んだだろう。だがこの時ばかりは思考に空白が生まれてしまった。目の前の光景に理解が追いつかなかったからだ。

「…………!?　な……」

それは例えるのなら太った蛇だった。全長は俺の身長を超えている。ざっと見て成人男性2人ぶんくらいだろうか。胴体は俺とそう変わらない太さだ。

これだけであれば、初めて見る怪物かと特に気を乱されることもなかったはずだ。しかしこの蛇は、頭部に赤く光る四つの目が付いており、信じられないことに宙に浮いていた。

羽もなく宙に浮いているだけでも珍妙なのに、額にあたる部分には刻印のような文様が浮かび上がっているのだ。これに俺は驚きと動揺を隠せずにいた。

（なんなんだこいつは……!?　目がある怪物自体が少ないのに、その上刻印らしきものを光らせて宙に浮いているだと……!?）

蛇は胴体中央部を奥へとへこませる。そしてそこから猛スピードでこちらに突っ込んできた。

「ぐっ！」

攻撃の気配を感じ取れていたこともあり、蛇の突進をギリギリのところで回避する。よく見ると尻尾の先端部には赤黒い針が見えた。

「おおおお！」

いつまでも驚きっぱなしというわけにはいかない。俺は自分から駆け出し、蛇に刀を振るう。これに蛇は素早く右側面に回り込み、そのまま尻尾の先端部にある針を俺に突きたててきた。

「はっ！」

一瞬で落ち着きを取り戻した精神で両目を見開き、針の動きの先を読む。そこに刀を合わせにいき、上方向へと受け流した。

（いける……）

ここまでは想定通り。俺はそこから一歩踏み込み、体重を乗せて刀を振るう。一瞬後、蛇の怪物は胴体を寸断されているだろう。どれだけ硬いウロコで身を守ろうが、今の俺ならば関係なく切断できる。

そして刀身が蛇の胴体に触れるかというタイミングで。

「があああぁぁぁぁ⁉」

蛇は大きく開けたその口から雷光を放ってきた。至近距離で襲来した雷光を避けることができず、まともに受けてしまう。全身を焼くような痛みと筋肉を痙攣させる痺れが襲いかかる。

「がはぁっ⁉」

続けて胴体に重い何かがぶつかり、かなりの距離を吹き飛ばされた。おそらく蛇はムチのように胴体をしならせたのだろう。痺れで動きが鈍くなった獲物に確実な一撃を与えてきたのだ。

「ぐうぅぅ！」

まだ痺れは若干残っているが、立ち止まるのは危険だ。俺は即座に身を起こしてその場を飛び立つ。

蛇が猛スピードですぐ側を通過したのはほとんど同時だった。

（くそ……！　なんだこいつは……！　目が四つの蛇ならただの怪物で済ませられるが、宙を浮いてやがるし刻印らしきものは光っているし、おまけに口から雷撃を放ちやがった……！）

明らかにこれまで戦ってきた怪物どもを逸脱した存在だ。あの雷撃は危険過ぎる。致死ではないものの、一度受ければかなりの体力を奪われるし、続けてくる追撃をかわせない。

（まさか……刻印術だとでもいうのか……⁉）

刻印を持つ者の条件は、グノケインの血を引いていること。そのほとんどは貴族であり、平民との間に生まれた子は刻印を持たないか、発現しても大した能力は有していない……と、言われている。

少なくともこんな怪物が刻印を持つなんてことはありえない。しかしここは地上の常識が通用しない世界だ。自分の目で見たもので判断するしかない。

「シャルルルルル……」

ここで初めて蛇は唸り声を出した。空気を震わせない独特な音を出している。しばらく睨み合っていたが、仕掛けてきたのは蛇の方だった。

「くっ！」

赤黒い針をまっすぐに突き立ててくる。これを俺は正面から刀で弾いた……その直後、蛇が口を大きく開いている姿が目に入る。

感じた危機感に任せて、何もない目の前の空間に刀を振るう。そこにちょうど口から放たれた雷撃が襲来し、刀で斬り裂く形となった。

（雷撃が来ると思った時には、刀を振るっていなければ間に合わない……！）

目で追いきれない速度で迫ってくるのだ。放たれた後に刀を振っていては遅過ぎる。

正直言って刀で雷光を斬れるかは一か八かだった。だが帝国軍に追われていた際に、師匠は敵指揮官が放った刻印術……光の槍を刀で斬っていた。

あれを覚えていたので、桜月刀であれば摩訶不思議な攻撃も斬れるのではないかと思ったのだ。

結果的にうまくいった。雷撃による直撃を避けることはできた……が。

「がふっ⁉」

ムチのようにしならせた胴体が俺の脇を打つ。強烈な打撃を受けて俺は地面を転がった。

蛇の追撃は止まらない。転がっている最中に上空に視線を向けると、赤黒い針が迫ってきていたのだ。

高速で首をよじって針をかわす。太い針は地面に深々と突き刺さっていた。

「おお！」

左手で地面を突いて立ち上がり、目の前の胴体に向けて刀を振るう。まだ針は地面から抜けていない。このタイミングなら斬れる。

実際に刀は胴体に触れることができた。ウロコごと斬り飛ばそうとしたが、残念ながらその動きは途中で止められることになる。

「あがぁっ⁉」

なんといつの間にか蛇の頭部が足元まで来ていたのだ。蛇は器用に胴体をくねらせており、上と正面を見ていた俺の視界から頭部を消していた。

その蛇に左足を噛まれる。だがこれまで何度もここの怪物に噛まれてきた。今さら蛇ごときに噛まれたところでどうということはない。

それより頭部に刀を突きたてるチャンスだ。刀を逆手に持ち換え、とどめを刺そうとしたところに雷撃が襲いかかった。

「…………っ！」

こ、こいつ……！　噛みつきながら雷撃を……！　大きく口を開いた状態でなくとも、放つことができたのか……！

再び全身を焼くような痛みと痺れが襲う。筋肉が意図せず痙攣し、刀を手放してしまった。さらにその場に倒れ込んでしまう。

（まず、い……なんとか、立たなければ……）

この地で武器を手放すなど、己の命を投げ出すに等しい行為だ。だが思うように身体を動かせない。それどころか蛇はその長い胴体を活かして、倒れ込む俺に巻き付いてきた。

「ぐあぁ……！」

両腕ごと巻き付かれ、強い力で締められる。そのまま蛇は宙に浮くとゆっくりと移動を開始した。

「こ……の……！」

俺をどこに連れていくつもりだ……!?　こいつらの巣か……いずれにせよこのままだと絞め殺されるか、動けないところを食われるかだろう。

（冗談じゃない……！）

こんなわけの分からない場所で、怪物ごときに殺されてたまるか……！　俺の命は人でもない奴らにくれてやるほど安いものじゃない……！

「あああぁぁぐうぅ……！」

蛇は移動をしながらも徐々に締め付けを強めてきた。あと少しすれば骨も折れるだろう。

（し……死ぬ、のか……？　俺が……こんな、ところで……？）

ふざけるな……！　まだ俺にはなすべきことが……いや。なすべきことを見つけてもいないのに……！

俺はまだキヨカとの再会を諦めていない！　キヨカだけではない、マサオミや師匠たちもだ！

マヨ様をお守りして草原へ行くという使命も道半ばだぞ⁉　最後の皇族となるマヨ様をお守りするのは、武人としての責務だ……！　これを成さずしてキヨカと再会などできるはずがない！

「お……おお……！」

それ以前に、ここで死んでは母上にも合わせる顔がない……！　あの粛清の日、師匠は俺を守ると母上に誓い、武人として鍛えてくれた……！　皇国に居場所を作ってくれた……！

俺の命は多くの人たちの想いが連なっている！　死ぬのは甘えだ、今日まで俺の命を繋いでくれた者たちに対する冒とくだ……！

俺は俺の生を諦めない！　必ず生きてこの地下世界を脱出し、草原へ向かう！　そしてそこで、一生を賭しても貫きたいと思える願い……輝きを手にしてみせる……！　自分の生に意味と価値を見出し、俺にしかなせない使命を見つけるんだ……！

「お……おおおお……おおおおお！」

右目が熱い。まるで溶岩が漏れ出てきているかのような錯覚を覚える。こんな怪物ごとき、さっさと片付けろと暴力的な衝動が精神を支配していく。

「かあぁぁ……！」

「シュルルルッ⁉」

俺は両腕に力を込めて締め付けてくる蛇の胴体に抗っていた。刻印術を発動させている時はいくらか腕力が上昇するが、今はその腕力が普段よりもさらに上がっている気がする。

いや……腕力だけではない。全身にこれまで感じたことのない強い力がみなぎってきているのが分かった。

「うああああああ！」

みなぎる活力そのままに、力いっぱい腕を拡げていく。蛇もかなりの力を込めてきていたが、それ以上の力で強引に胴体による拘束を押し広げていった。

「かああああああ！」

そしてとうとう隙間が生まれたところで、俺は拘束を解くことに成功する。同時に蛇の身体を掴み、岩壁に向かって投げ飛ばした。

「シャルルッ!?」

「はぁ、はぁ、はぁ、はぁ……!」

よし……！　全身にみなぎる力でなんとか振りほどけた……！　だがこれで形勢が逆転したわけではない。

刀は少し離れた場所に落としてしまった。あの刀がないと、蛇の雷撃を防げないのだ。あまりの速度で迫ってくる以上、回避は難しい。刀を使って斬るしかまともな対処法がないのだ。

そんな俺の焦りを読んだわけではないだろうが、蛇はこちらに向かって大きな口を開いていた。雷撃の予備動作だ。

「く……！」

くそ……！　あれの直撃を受けると、またしばらく動けなくなるっていうのに……！

一か八かで回避できないかと、真横に移動する。だが蛇はその口をしっかりと俺に向けてきており、とうとう雷光が撃ち放たれた。

雷光は周囲を照らしながら俺に直撃する。痛みと痺れを覚悟していたが、いつまで経ってもそんなものはこなかった。

「………！」

それよりも雷光で周囲が照らされたことで、俺の身体をよく見ることができた。なんと胴体や足に至るまで、全てが黒い甲冑のようなもので覆われていたのだ。

（これは……成長したのか……！　俺の刻印術が……！）

これまで俺の肩部まで覆っていた黒い手甲が、全身を覆いつくしていたのだ。おそらく先ほど右目に熱を感じた時に、この変化を遂げたのだろう。

（そうか……それで全身から力がみなぎっていたのか……！）

従来の刻印術では腕力を上げるのみだった。しかしこの状態だと全身の身体能力が向上するらしい。

さらに蛇の放つ雷撃も無効化した。防御能力が飛びぬけて上がっている。

「シャルルルルル！」

蛇は赤黒い針を俺の胴体目掛けて突き出してきた。これに俺は前へ駆けながら、左手で弾き飛ばす。

腕部も以前よりもかっちりと黒い甲冑で覆われており、蛇の針を通すことはなかった。

「かあああああ！」

そのまま蛇の胴体を掴み、力技で振り回す。そしてたっぷりと遠心力を乗せて蛇の頭を地面に叩きつけた。

「シャブッ⁉」

明らかに動きが鈍った。やはり頭部への攻撃は怪物たちに共通して有効なのだろう。

力を取り戻す前に蛇の頭部へと襲いかかる。俺は全力で頭部を殴り付けた。

「ブブッ⁉」

「つあああああ！」

ようやく掴んだ勝利への道筋。俺は決して手を抜かない。何度も何度も全力で頭部を殴打する。

身体能力が上がり、硬い手甲で覆われた拳でひたすらに殴り続ける。蛇はとっくに動かなくなっていたが、息を吹き返されても厄介だ。特にこいつは刻印術が成長していなければ、厄介極まりない怪物である。

「うおおおおお！」

両腕を組んで渾身の力で振り下ろす。蛇の頭部はぐにゃりと歪み、四つあった目は全て潰れ、血と共に吹き出てきた。額にあった刻印らしき紋様もきれいさっぱり消えている。

「はぁ、はぁ、はぁ、はぁ……！　か……勝った……！」

呼吸を整え立ち上がる。自分の頭部を触ってみると、硬い感触があった。おそらくフルフェイス状の兜を身に付けた状態になっているのではないだろうか。

ここに鏡なんてものはないが、今の俺は黒い甲冑で全身を覆った見た目になっているはずだ。

仕留めた蛇の胴体を掴み、刀を落とした場所へと戻る。それほど離れていなかったこともあり、すぐに見つけることができた。

（まさか刻印術が一気にここまで成長するとは……）

　これまでただ地味な能力だと思っていたが、こうなると話は変わってくる。優れた身体能力に圧倒的な防御力。これをどう使いこなすかが、この地下世界を生き延びることに係わってくるだろう。

　そのことも重要だが、今は腹ごしらえだ。俺はさっそく刀で蛇の胴体を捌いていく。この地でのくさい生肉生活にもすっかり慣れてしまった。

「……む。今まで食った怪物の中じゃ、一番うまいな……」

　それからも俺は地下世界を歩き続けた。何度も怪物たちとの死闘を繰り広げたが、蛇のように刻印のようなものを持つ怪物とは出会っていない。あいつの正体も結局分からずじまいだ。

　それを言い出したらここにいる怪物全部に言えることなので、気にしていても仕方がないんだろうけど。俺にとっては生きることと、肉の味がマシかどうかの方が重要だ。

　そうしてさらにどれくらいの時を歩いたか分からないある時だった。いつからか俺はここで遭遇する怪物たちと戦闘になっても、さほど苦労せず倒せるようになっていた。

　今では刻印の明かりがなくとも、迷いなく刀を振るうことができる。

　そんな武人としての成長を実感している今。俺の目の前には明らかに人工物と思われる扉があった。

（…………なんだ、これは）

天然の洞窟内を進んでいると、岩壁にどう見ても扉がついていた。

いや、正しくは扉のデザインが彫り込まれた岩肌だ。その中心部には縦長の空洞があり、身体を横に向ければその先に進めそうである。

「…………………」

いったい誰がこれを……？　いや、そもそも。ここは本当に自然の洞窟なのか？

ここに来るまで俺はいくつか違和感を覚えていた。まずこの空間に生息する怪物どもだ。こんな生物がいるなんて聞いたことがない。

創生神話の魔獣との関連性を疑ったこともあるが、こんな場所でその正体なんて突き止められるはずもない。

そもそもこいつら、ここで生まれたのか？　大陸の地下にこんな怪物が生息しているというのなら、どうして誰もそのことを知らない？　地上には出てこないのか？

そしてこの目の前にある人工物。どうぞこの先へお進みくださいと言わんばかりだ。

（しかしこの先に道がない以上、進むしかない……か）

これまでも洞窟内部にはいくつか分かれ道があった。選んだ道が行き止まりだったこともある。今回も行き止まりか……と思ったが、そこで見つけたのがこの扉だ。

俺は精神を凪の状態に整えると、身体を横にして細長い空洞を進み始める。このマインドセットも必要に応じて自然にできるようになった。

（せまい……それに岩肌がごつごつしていて痛い……）

着ていた服ももうボロボロだ。これでさらに破れるな……。

（……む）

空洞を抜けると、そこは少し広めの空間が広がっていた。生物の気配は感じない。

俺はこの空間に何があるのか、慎重な足取りで調べ始める。

（空気の流れは入ってきた空洞からしか感じない。……いや、微かだが上からも感じる。この空間自体はそれほど広くはないが、天井は高い……？）

刻印で壁を照らしながら歩いていると、入り口に戻ってきた。どうやら一周したらしい。

（入り口を背にして左右は半円状、正面はやや直線的な造りだったな）

外周はそんな感じだ。続いて空間の中心部を目指して足を進める。

そしてそれを見つけた。

（本……だと……？　こんなところに……？　誰が……？）

そこには大量の本が積み重なっていた。いつからあるのか分からない。それにあまり劣化らしい劣化が見られないのも怪しい。

だが無限にも思える時間、真っ暗な空間を歩き続けた先で見つけた本。興味はある。

俺は警戒心を解かないまま、本の一冊に手を伸ばした。

◆◇◆◇◆◇

ゼルトリーク帝国がアマツキ皇国を支配下に収めて約1年が経った頃。これまで小競り合いを繰り返していた領主連合のある領地に対し、帝国騎士団は本格的な侵攻を開始した。

帝都から発った騎士団は銀槍騎士団。その数2万、率いるは銀槍騎士団団長バンドレッド・クルアードである。

彼が向かう先は領主連合が一つ、カムラック領だ。

カムラック領は領主連合勢力において、西部に位置する領地である。そのさらに西は別の領主が治めており、その領地は賊が闊歩する帝国西部と面している。

帝国はまず領主連合をこの地で東西に分断すべく、カムラック領へ侵攻を開始した。

「バンドレッド様！　敵は正面の3万、増援の様子は見られません！」

「ふん……情報通りだな。おそらく他領からの援軍は来ない」

カムラック領は約3万の兵数を抱える規模の大きな領地であったが、帝国騎士団の侵攻に対し他領の応援は頼んでいなかった。これにはいくつか理由がある。

まず第一に、兵数が勝っているという点。帝国騎士団を迎え撃つべく先んじて平野に陣取っており、純粋な兵力勝負を仕掛けるつもりでいた。

第二にバンドレッド自身が若く、知名度が低いという点。騎士としての力量は低いが、家格で騎士団長になった男だろうと判断していた。

そして第三にカムラック領の領主自身が、領主連合内において主導権を握りたかったという点がある。

領主連合は現在、4人の大領主が中心になって方針が決められている。領主は他に何十人もいるが、実質この4人が全体の指揮を執っているのだ。

今回帝国騎士団を撃滅すれば、カムラック領主は間違いなく領主連合内において強い影響力を得る。そこからの立ち回り次第では、他の領主たちを味方につけて、新たな大領主になれる可能性もあるのだ。

また領主連合側としても、3万の戦力が2万の戦力を相手にすぐ負けるとも考えていない。万が一苦戦しているようならば、帝国騎士団の側背を突けるように東から援軍を送ればいい。そう考えていた。しかし。

「突破せよ！」

「おおおおお！」

バンドレッドの指揮する銀槍騎士団は、重装騎兵を中心とした編成になっていた。

彼は1万もの騎兵を矢印型の陣形に整える。中央先頭には自身を含む最精鋭の重装騎兵で固め、矢印型のため中心部は突破力に優れた縦陣になっている。これで強引に敵陣を突破するのだ。

カムラック領軍は当初、騎馬による突撃を防ぐために木の杭を打ち付けた柵を配置するつもりだった。

だが自分たちの勝利は揺るがないという慢心がその行動を遅らせ、そしてバンドレッドは敵の準備が整う前に決着を着けようと、予定よりも速い行軍スピードで進んできた。

結果。カムラック領軍はまともな陣地を設営する間もなく、帝国騎士団と相対することとなる。

敵の突撃を止めようにもその突破力はすさまじく、あっという間に真ん中を抜かれてしまった。

「左右から回り込め！」

「おおおお！」

カムラック領軍を圧倒的な突破力をもって中央で分断し、バンドレッドはそこで部隊を2つに分ける。それぞれ左右に分かれ、敵軍の背後から回り込む形を取った。

「うわああああ!?」

「落ち着け！　相手の方が数が少ないのだ！　冷静に対処しろ！」

「ああ!?　あ、あっちにも!?」

最初に突撃を受けてしまったものの、数は領軍の方が多い。混乱はあってもまだ対処はできていた。

しかしそこに、南からさらに帝国兵が現れる。

バンドレッドは先んじて自身を含む重装騎兵1万を先行させていたが、残りの1万は長槍を持った歩兵である。そして歩兵隊は槍を構え、そのまま戦場へ突撃を開始した。

「ま、まずい！　このままでは挟撃される！」

「はやく！　はやく騎馬隊を仕留めよ！」

「だ、だめです！　奴ら、精鋭です！　つ、強過ぎる……！」

「ぎゃあああああ⁉」

数で帝国騎士団は不利だったが、銀槍騎士団の重装騎兵は精鋭揃いである。彼らは歩兵が到着するまでの間、見事に耐えきった。

そしてそこに歩兵が突っ込めば、挟撃は完成する。あとは挟まれた領軍がすりつぶされていくだけだ。

「ひいいいいぃぃぃぃ！」

「に、逃げろおぉぉ！」

「あ、まて！　逃げるなブベッ⁉」

「隊長がやられたぞ！」

「こっちもだ！」

「も、もうだめだあぁぁ！」

こうなるともはや決着はついたも同然である。バンドレッドはよく届く叫び声を上げた。

「我らの勝利だ！　勝鬨をあげよっ！」

「おおおおおおおおおお！」

領兵たちも帝国騎士団の勝鬨を聞き、自分たちが負けたのだと精神的に追い込まれる。

「これより掃討戦に入る！　武器を捨て降伏する者は命まで奪うな！　逃げる者、武器を持つ者は殺せ！」

「おおおおおおおおおおお！」

こうしてカムラック領は初戦で敗北し、領主連合が援軍を送る間もなく壊滅した。しかしこのまま帝国騎士団の北上を許せば、領主連合は完全に東西で分断されてしまう。

そこでカムラック領の北部に兵を送って防御態勢を整え、同時に騎士団の縦に伸び切った補給線を牽制するようにカムラック領東部から軍を進めた。

元々援軍の準備をしていただけあり、この動きは早かった。そのため銀槍騎士団は一度占領したカムラック領に留まり、領主連合はなんとか分断されるのを防ぐ。

しかし長年膠着状態が続いていた中、誰が見ても分かる形で領主連合は敗北した。

また戦が始まって僅か1日で3万の戦力が敗れたという事実は、領主たちの間で大きな衝撃を呼んだ。

第八章　古の契約が果たされる時

その日から俺は洞窟最奥の間を拠点にしていた。基本的に怪物は中に入ってこられないので、ここで寝泊まりをしている。

そして水を飲んで肉を食らう時間以外は、謎の本に目を通し続けていた。もうどれくらいの時間、こんな生活を送っているのか分からない。

「…………」

この本は古代大陸文字で書かれており、正直かなり解読が難しい。俺は皇宮に住んでいた時に多少は教育を受けていたので、部分的にではあったが読める箇所もあった。

しかし言葉遣い自体が難解なのだ。中にはまったく読めないページもある。

（やはり……間違いない。これは……）

本の正体は一言で言えば歴史書だった。著者は名前が書かれていないが、どうやら幻皇グノケインの側近だった人物のようだ。

そう。この本は伝説の人物、グノケインを中心に書かれたものだった。

（どこまで本当の内容なのかは分からないが……しかしこんな場所にあるんだ、信憑性は高いと思いたくもなる……）

本が劣化していないのは、著者の刻印術による能力らしい。そしてこの本によると、グノケインは女神の涙が落ちた地を巡る中で、何度も大きな戦を繰り返していた。

一般的な貴族が知るグノケインという人物は、女神に選ばれて最初に刻印の力を手にした人間だ。

彼は大陸に蔓延る魔獣を退治しながら、自らの血脈を広げていった。そして彼の血を引く子孫は、刻印の力を発現させることができる。

その辺りについては、詳しく書いてあるページが見つからなかった。いや、俺が読めていない部分にあるのかも知れない。

とにかくグノケインは魔獣だけではなく、多くの人間や巨大な勢力とも戦い抜いた。その中で様々な戦術研究が進み、その成果が記されているページもある。

（この時代に陣形や戦術の研究も進んでいたのか……）

皇国で黒鉄の重装歩兵と戦った時のことを思い出す。

俺自身が身をもって経験しているからな。戦いは数や個の強さ、それに陣形や地形、用兵指揮能力など様々な要素が勝敗条件に複雑に絡まっている。

興味もあったのでその辺りの内容はとても面白く、かなりの時間を費やして読み込んでいた。

他に目を引いたのは魔獣についてだ。

大陸において魔獣は存在しないので、てっきりグノケインを神格化するための空想上の生物かと考えていた時期もあったのだが。この本によると、魔獣は本当に生息していたらしい。

（グノケインは一ヶ所に魔獣を追い込むと、刻印術で大地を割って地下へと落とす。そして割った大地を戻して魔獣を地下へと封印した……）

どうやら大陸の各所にはそうした場所がいくつかあるようだ。ここもその一つ。つまりここに生息していた化け物は、魔獣が明かりのない空間で生きるため、代を重ねてきたものだろう。

（というか大地を割る刻印術ってなんだよ。さすがはグノケイン……）

またこの本は女神の従者としてのグノケインだけではなく、1人の野心溢れる男としての側面も描かれていた。

彼は各地で山賊みたいなことを繰り返し、多くの人に襲い掛かっていたらしい。またその傍らで大陸を回り強大な力を見せることで、彼自身の信者も作り上げていった。

魔獣を封じて実際に強い権力を持ち始めてからは、相当好き勝手をしていたようだ。特に女子供に対しては、強い加虐嗜好を持ち合わせていたらしい。

神格化されている幻皇グノケインではあるが、統治手腕は山賊の域を出ないものだったとある。

状況は異なるが、傭兵と犯罪者どもが治める帝国西部のようなものだろうか。といっても俺は直接帝国西部を見て回ったわけではないので、あくまで想像にすぎないのだが。

しかしそんな彼の支配に耐えかね、立ち上がった者たちがいた。その者たちこそ。

「…………っ!? こ……これ、は……!? まさか……ほ、本当に……!?」

だがグノケインが英雄として実績を作り上げたのも事実。何も知らない人からすれば、彼はこの大陸から魔獣の脅威を取り除いてくれた男なのだ。

古代は今ほど刻印持ちも多くはなかったし、力を持たない平民には強い求心力を発揮していただろう。

そうして彼は死後も英雄として扱われ続けた。その方が当時の刻印持ちも平民も都合がよかったのだ。

刻印持ちは「自分たちはグノケインの力を継承している」という立場だし、彼が英雄でなくなればその立場が崩れかねないしな。

しかし本の著者は英雄グノケインの別の側面を知っている。そしてそれを世に出すことはできない。だが記録は残したい。

そこでこうして本に記し、グノケインが割った大地の底へと隠した。ここ以外にもこうした本を隠した場所があるようだ。

(なんとか全て解読したいが……そのためにここで一生を送るつもりはないな)

今一度心に静寂を呼び込み、思考を深めていく。

この本に記された内容を信じるのならば、この空間の壁を登り続ければ地上に出られる可能性がある。

どれくらいの高さがあるかは分からないが、今の俺ならば登りきれるという確信がある。

だが地上に出られて、そのあとどうするか。何がしたいか。そして何を成せるかを思い描く。

同時にこの洞窟で掴み取った強さと精神力にも問いかけた。

（一言では中々言い表せない……が……）

今の大陸は古代と似ている。３つに割れた帝国は大陸中に混乱を生み出し、俺のようにただ蹂躙される者が毎日泣き、そして死んでいく。

かつての俺は無自覚で言っていたが、これを立場の違いと切り捨てられるのは、恵まれた生まれの強者だろう。

ならば今の俺は。再び草原に戻ったとして、また蹂躙される側にいるわけにはいかない。

（俺は向こう側……奪う側に行けるのに、そのことに気づけないでいた）

変わらなければ。そして動かなければ、また帝国軍が来て皇国のように失ってしまう。

もうそんな思いはしたくない。これ以上、帝国に奪われてなるものか……！

改めて草原の民、その特異性に注目する。ここで知識を得た俺は、彼らが本当はどういう部族なのか。そしてどういう経緯を経て遊牧民となったのかを把握している。

８つの部族。そして本に記された、古代に交わされし契約。

俺であれば……ゼルトリーク帝国皇帝の血を引く俺であれば、その契約を履行することができる。覚悟を決めるのは俺なのだ。

しばらく両目を閉じていたが、長めの息を吐いたところでゆっくりと見開いていく。

「…………………………………………。やるか」

新時代のグノケインに。そしてこの混迷極まる大陸を鎮めるため。


俺はゼルトリーク帝国を統一する。

◆◇◆◇◆◇

クレイヴァール・ゼルトリーク。現ゼルトリーク帝国の皇帝である。

彼は不機嫌さを隠さない表情で、目の前で膝をつく人物……騎士総代であるアーロストン・ロンドニックを見下ろしていた。

「陛下。お忙しいところ、こうして拝謁のお時間を賜りましたこと、まことに……」

「ああ、そういうのはいい。お前の言う通り、俺は忙しいのだ。さっさと用件を話せ」

「は……」

皇帝クレイヴァールは、アーロストンを気に入ってはいなかった。若くして騎士総代に抜擢したのも、気に入らなかったからだ。

ところがアーロストンは、派閥争いを有利に進めながら騎士団改革をやってのけた。今では軍閥系貴族からの評価も高く、彼に味方する騎士も多い。

そして1年前の皇国占領をきっかけに、帝国騎士団は結果を出し始めていた。その度に彼の名声はより上がっていく。

もちろん彼を騎士総代に抜擢した、皇帝クレイヴァールの見る目は確かだという評価もある。

だがこの何をやらせてもこなせてしまうアーロストンを気に入らない明確な理由があった。

それは彼とクレイヴァールは同じ父を持ち、母は違えど血を分けた兄弟だという点だ。

アーロストン自身は元々皇位継承権が20位以下であり、成人するまで皇宮から出てくることはなかった。

そして成人するなり有力貴族であるロンドニック家に入れさせ、皇位継承権を放棄させた。

内乱勃発当時、アーロストンの母方の家は領主連合とは無関係だったのだ。しかしこのまま皇族の一員として置くには、いささか不安も残る。

そう考えたからこそ、ロンドニック家に引き取らせた。

だが中央貴族として影響力を持つロンドニック家の後ろ盾を得たことで、彼は宮中でめきめきとその実力を発揮し始める。

内務の改革を押し通し、財源の無駄使いだと賄賂を厳しく監視し始めた。そんな彼を煙たがる貴族に頼まれて、空いた騎士総代の役職を任せたのだ。

軍務などこれまでの経歴からすれば畑違いであり、すぐにボロを出す。貴族間同士の調整で失敗するだろうと思っていた。

しかし彼はロンドニック家の伝手を使い、一部の軍閥貴族と関係を深めていく。

そこからあっという間に人間関係を拡げていき、また時には幾人もの騎士を罷免し、その権力を拡大していった。

今では「もしアーロストン様が皇族のままであったなら……」と、陰口を言う者まで出てきている。

その言葉の続きは「クレイヴァール様よりよほど良く帝国を統治してくださっただろう」だ。

皇位継承権を放棄しているとは言え、腹違いの弟なのは違いない。兄として、そして皇帝として、この有能な家臣には強い不快感を覚えずにはいられなかった。

「銀槍騎士団が押さえたカムラック領ですが、新たな領主として陛下がお選びになられた方と合わせて……」

アーロストンは騎士総代としての立場から、皇帝クレイヴァールに報告と意見を述べていく。

クレイヴァールは退屈そうな表情を浮かべたまま、報告を聞き流していた。

「……で、いつ領主連合を完全に叩けるのだ？」

「すぐには難しいかと。動きを大きく抑えることには成功しました。今のうちにならず者たちに奪われている、帝国西部への準備も進めるべきかと」

領主連合からしても、ならず者たちが闊歩する地と面している最西部への援軍は送りにくくなった。

これを機にならず者たちが積極的に領主連合側へ進出し、略奪を行うかも知れない。そうなれば帝国としても付け入る隙が生まれる。

一方で完全に領主連合西部を占領してしまうと、ならず者たちと隣接するのは帝国だけになる。そのためしばらくは緩衝地帯として、領主連合最西の地は取らずに残しておきたかった。

「ふん……順調そうでなによりだ」

「ありがとうございます」

「そう言えば最近、辺境の草民から馬が献上されておらんのではないか？　ん？」

クレイヴァールは侮蔑を隠さずに、遊牧民たちを草民と表現する。

彼からすれば草原の民は帝国人ではなく、帝国に忠誠を誓ってただ貢ぐだけの蛮族という認識なのだ。そしてその認識は、中央貴族からすればごく当たり前の感覚だった。

「……去年から馬は献上されておりません。どうにも馬の間に病が広まっており、献上できる馬がいないのだとか」

「あぁ!?」

帝国に隷属してしかるべき蛮族が、その義務を怠っている。これにクレイヴァールは強い不快感を覚えた。

せっかく大帝国が後ろ盾になってやっているというのに、いつから主人にえらそうな態度を取れるようになったのか。

馬が寄越せないのなら、代わりに女や男手を差し出せばいいのだ。

「それは皇帝であるこの俺に対する侮辱ではないか！　お前はそれを知りながら、今日まで草民どもを放置していたのか⁉」

「……陛下。彼の草原は帝国にとって、あってもなくても特に影響のない地です。次に倍の馬を献上させれば……」

「ならん！　一度甘やかせば、愚民はどこまでもつけあがる！　ましてや奴らは、貴族もいない蛮族の集まりなのだぞ！　皇帝であるこの俺の顔に泥を塗りやがって……！」

クレイヴァールは顔を真っ赤にしながら立ち上がる。そして右腕を勢いよく横に振るった。

「すぐに軍を組織せよ！　草原を焼き払い、族長を捕えるのだ！　また馬代わりの女と一緒に、族長を帝都まで連行せよ！」

ただでさえ領主連合が自分に歯向かっているという時点で腹立たしいというのに、その上辺境の蛮族にまで軽んじられては、さすがに看過できない。

クレイヴァールは自分に軽率な態度を取った遊牧民たちを許す気がなかった。

「しかし……草原まで軍を進めるにも、準備が……」

「そこを考えるのは騎士総代であるお前の仕事だ。有能な貴様なら可能だろう？　ん？」

「……彼らと帝国は、長年対立せずにやってこれました。一度機会を与えれば、陛下の懐の深さに……」

「いてもいなくても、帝国にとってはなんの影響もないと言ったのはお前ではないか。皇帝に対して不敬な態度を取ったものがどうなるか。それを内外に示すのに都合がよかろう？」

「…………」

こうなるともうクレイヴァールを止めることはできない。しかし遊牧民を捕まえるために、わざわざ軍を動かしたくないというのも事実。

そこに兵力を回すくらいであれば、もっと重要な地域はいくらでもあるのだ。

もしかしたらこれは、機嫌を損ねた演技で自分を困らせることが目的ではないだろうか。アーロストンはそう考えたが、金はかかるが仕方ないと諦める。

「傭兵たちを使ってもよろしいでしょうか？」

クレイヴァールもこの発言で、精強な騎士団を遊牧民にぶつけるのはもったいないと気づく。蛮族には愚民をぶつけるくらいでちょうどいいだろう。

「任せる」

「では傭兵2千人に、騎士団の新兵を5千。計7千を派遣しましょう」

「くくく……新兵の実地訓練に使うか。お前も随分といい性格をしているではないか」

どうせ草原への派兵を止められないのなら、少しでも騎士団にとっていい結果を求めた方が合理的だ。

戦場の経験がある傭兵たちに新兵を合わせれば、戦力としては十分だろう。それに帝都から距離があるぶん、新兵たちにとってはいい訓練になるはずだ。

（遊牧民の数や居場所は分からないが、大人数で向かえば何人かはすぐに捕えられるだろう。非武装の彼らには悪いが……ここで新兵の訓練に使わせてもらう）

◆◇◆◇◆◇

ラーバ草原。帝国最東の地にして、大陸最東の地でもある。どこまでも続く雄大な草原は初めて目にすれば、誰もがしばらくは立ち止まると言う。

だが季節によっては寒暖差が激しく、特に夜は湖が凍り付くこともある。また人の生活圏から離れた地ということもあり、商人も滅多に訪れない。

そのため長きにわたり、遊牧民がその地から出ることなく生活を続けていた。

ツキミカド・マヨがこの地に落ち伸びてもう1年以上経つ。今では彼女も草原の民の1人として、彼らと生活を共にしていた。

炊事の手伝いもするし、馬の面倒も見る。近衛のシズクは当初、皇族がされることではありませんと止めていたが、もう皇国は存在しませんよと言って聞かなかった。

（あれからいろいろありましたが……やはり私は、ここで生きていくしかないのでしょうね……）

死んだ兄との約束もある。ツキミカドの血は残さねばならない。だがそれはまだもう少し先でもいいだろう。

（初めてのことばかりで、最初は戸惑いもありましたが……草原の民には驚かされました）

1年以上彼らを見てきて、マヨは遊牧民たちを大きく誤解していたことに気づいた。まずその数が考えていたよりも非常に多いのだ。

考えてみれば当たり前かも知れない。何せ彼らは、もう随分と昔からずっとこの地で生きているのだ。大きな争いもしていないし、人口は増え続けるだろう。

8つの部族はそれぞれに得意分野があり、各々その能力を活かして互いに助け合っている。

そして個人個人の能力と部族としての能力は、間違いなく狩りや集団戦で大きく有利になるようにかみ合っていた。

まるで初めから誰かが意図して役割を分けさせたような……そんな作為的なものすら感じる。

そして最も驚いたのが、遊牧民は全員が刻印持ちだったという点だ。それも少し変わった能力の使い手もしばしば見かける。

だが皇国民とは違い、優れた身体能力向上系が多いというわけではない。小さな火を起こしたり、少量の水を発生させたりと、日常生活で役立つものが多い。

誰も彼も戦闘が得意というわけではないが、やはり馬と弓の扱いはほぼ全員が優れていた。

自分が考えていたより、遊牧民たちは遥かに精強である。そんな8つの部族の代表が、今朝からユルトと呼ばれる移動式住居に集い、ずっと話し合いが続けられていた。

（何かあったのでしょうか……。少なくとも8つの部族長が全員集うのは初めて見ます）

気にはなるが、今はやることがある。自分の仕事に戻ろうとした時だった。

「……？　リーナちゃん……？」

ムガ族族長の娘、リーナ。遠目に彼女が馬を駆り、西へ走っていくのが見える。弓を持っているし狩りに出かけたのかも知れない。

「あれ……？　でもリーナちゃん、狩り当番ではありませんよね……？」

それに草原の民は基本的に複数人で移動する。1人で馬を駆ってどこかへ行く……というのは、あまり見たことがない。

「………………」

マヨは近くにいたロブア種という馬に視線を向ける。ロブア種は普通の馬より小さいが、寒さに強くスタミナもあるため、重い荷物を長時間運ぶのに向いている馬種だ。

マヨも草原に来て1年以上経つ。まだ大きな馬は難しいが、ロブア種であれば乗れるようになっていた。

「少し心配ですね。……ついて行ってみましょうか」

◆◇◆◇◆◇

カーラーンは族長である父、ローバンと共にそれぞれの部族代表と話をしていた。

「では……」

「ああ。とうとう来たというわけだ」

8つの部族がこうして集うのは、そうはないことだ。ユルトの中は緊張に包まれていた。ウット族の女性が口を開く。

「確かに確認したよ。帝国軍は今、草原を侵攻中だ。数はおよそ7千」

「既に我がパラ族の何人かは捕えられた」

「侵攻の理由は、皇帝への不忠だそうだ」

「なんだ、それは」

「馬の件かもね」

ムガ族は草原のやや東寄りにいたため、まだ全員が知っているわけではなかったが、草原西部は既に帝国軍が侵攻を開始していた。

「どうかパラ族の解放に協力してもらいたい」

「それは……しかし……」

「いつまでも古の契約に縛られることはない！　同胞が捕えられたのだ、これは助けねばならぬ！」

「そう簡単な話ではないぞ。相手は帝国軍……つまり初代皇帝の血筋となる。贖罪の契約を果たさぬまま、また罪を重ねるか？　私は先祖に申し訳ない」

「だが！　それでは同胞を見捨てるというのか!?」

話し合いは中々折り合いがつかなかった。

捕えられた同胞を救出したい者、そのために帝国軍に弓引く行為にためらう者。古き契約を捨てる時だと叫ぶ者、それはできないと諭す者。

終着点は見つからないまま、何時間も時間だけは過ぎていく。

（せめて……契約を履行し、我らを率いられる者がいれば話は変わるのだが……）

その時に備えて、草原の民は何世代も世代交代を繰り返してその技を磨いてきた。

だがいくら準備を整えようが、その時は決してこない。そしてそれこそが草原の民に課せられた贖罪なのだ。


「……少し休憩を挟もう。休憩後は８つの部族を今の場所から……」

「失礼しますっ！」

ユルトの中に緊迫した声が響く。全員の視線が中に入ってきた男に集中した。

「リーナとマヨ、両名が……！　帝国軍に捕えられました！」

「な……!?」

8つの部族長がそろう。それはリーナが生まれてから初めて見る光景だった。

リーナ・ムガ。ムガ族族長の娘にして、カーラーンの妹である。

彼女はちょっとした好奇心から、ユルト内の会話に聞き耳を立てていた。そして知ったのだ。

帝国軍が既に草原に侵攻してきており、同胞が捕えられたということを。

◆◇◆◇◆◇

「ゆるさない……！」

リーナは帝国軍に強い恨みを抱いていた。

かつて慕っていたヴィルを殺した者たちなのだ。それに同胞まで捕えられたと知っては、黙っていられない。

頭に血が上ったリーナは弓を手に取ると、馬に跨り西部を目指す。しばらくして彼女の優れた視力は、遠目に帝国軍たちを捉えた。

「見つけた……！　あいつらが……ヴィルを……！」

見たところ相手は30人くらいだ。さすがに1人で突っ込んで勝てる相手ではない。

弓で何人か仕留めたら、報告を兼ねて即座に引き上げよう。そう考えて弓弦を引き絞る。

「まだ……もう少し……」

さすがに相手もこちらに気づいた。だがここからなら届く。

リーナは馬の両足が大地から離れ、上下の揺れがなくなった瞬間に矢を放つ。これは草原の民で弓を使う者なら、たいていの者が身につけている奥義だった。

「ぎゃっ⁉」

放った矢は見事に敵の頭部を貫く。馬の足を止めずにそのまま次の矢を構え、同じように放つ。

「がっ⁉」

また放つ。相手もクロスボウに矢を装填して放ってきていたが、動き回るリーナを捉えることはできなかった。

（いける……！　これなら私1人でも……！）

しかし矢の本数には限りがあるし、腕や指も限界がある。

あと一射。いや、もう一射。最後の一射。そうして欲張っているうちに、状況は大きく変わった。

「そこの女！　こいつがどうなってもいいのか！」

「っ⁉」

急に背後から怒鳴り声が響く。後ろを振り向くと、そこには敵集団に捕えられたマヨの姿があった。

「マヨ……！」

そもそも7千で来ている帝国軍が、30人だけで行動していたのはなぜか。本陣周囲の警戒や地形把握のためである。当然、敵意を向けてきた遊牧民の情報は他の部隊にすぐ届く。

そしてやってきた別働隊は、リーナを取り囲もうと迂回していた。そこを後から追いかけてきていたマヨとぶつかり、彼女は捕えられてしまったのだ。

「弓を離して馬から降りろ！　抵抗すればこの女を殺す！」

「く……！」

リーナは今さらながらに冷静になる。ユルト内の会話を聞き、そして帝国兵を殺す高揚感もあって思考が回っていなかったのだ。

若さゆえの激情、そして経験不足が悪い形で顔を出していた。

マヨを失うわけにはいかない。自らの失態を後悔しつつも、リーナは弓を捨てて馬から降りる。そこに帝国兵が近寄ってきた。

「へへへ……よくもやって……くれたなぁ！」

「ぐっ！」

1人の兵士がリーナの顔を殴る。たまらず彼女は地面に倒れ込んだ。

「おい、落ち着けよ。まずは報告が先だ。その後にかわいがってやればいいい」

「つかこっちの女、すっげぇ美人すぎねぇか!?」

「だな！　おいおい、こりゃ今夜が楽しみだなぁ！」

こうして2人は帝国兵に連れ去られる。そしてそれを気配を殺しながら、草木に身を隠して見ていた者がいた。

斥候、密偵活動を得意とするウット族の男である。

彼はその情報を、8つの部族が集うムガ族の下へと届ける。

◆◇◆◇◆◇

捕らえられた2人は、パラ族が集められている場所とは違う所へ連れて来られた。

2人とも両手を縄で縛られており、兵士たちが引っ張っている形だ。そして幕舎の中へと入れさせられる。

「連れてきました」

「ご苦労。…………！　ほぉ、これはこれは……」

その男は草原に来た2千人の傭兵の1人であり、50人の傭兵をまとめる隊長を務めていた。

長きにわたる戦乱を戦い抜いてきたのか、あるいはただ略奪に勤しんでいたのか。いずれにせよ人を殺しなれている気配を感じさせる。

「報告には聞いたが……黒髪にグレーの瞳がやたらと美しい美女か……！　こいつぁたまらんなぁ！」

男はマヨの全身に舐めるような視線を這わせる。そして傭兵たちに指示を出すと、2人の両手を拘束している縄を幕舎内にある柱にくくりつけさせた。

「もう1人の方も中々気が強そうではないか」

「隊長。一応、草原の女は殺しはともかく、手はつけるなという話でしたが……。たしか皇帝陛下に献上するんでしょ？」

「おいおい、お前分かってねぇなぁ。つまり手をつけた女は殺せ、という意味なんだよ」

「……ああ！　なるほど！　さっすが隊長！」

「ふん。こんな辺境までやってきて何の楽しみもないんじゃやってられねぇ……てのは、陛下もよく分かってんだろうよぉ！」

そう言うと男はリーナの側まで移動する。そしてその顎に指をかけ、上に向けさせた。

「名は？」

「……ペッ！」

リーナはそのまま唾を男の顔面に飛ばす。幕舎内に静寂が訪れたが、その1秒後に男はリーナの頬を殴った。

「がぐっ！」

「……生意気な女だ。いいだろう、前座でお前から犯してやる」

「触るな！」

「大人しくしろ、この未開の蛮族が！」

リーナは床に倒れながらも男を蹴り上げる。だが男はビクともせず、逆にリーナを蹴った。

「リーナさん！」

別の柱に括り付けられたマヨはリーナを助けることができない。そんなマヨを見ながら男はニヤリと笑った。

「そうか、リーナと言うのか。おい、お前ら！　この女を押さえつけろ！」

「へい！」

「やめろ……！　私に……触れるな……！」

リーナも激しく抵抗する。だが複数の男に押さえられてはどうしようもない。

リーナは仰向けにされ、両手を押さえつけられた。さらに別の男たちが両足を掴んで股を強引に開けさせる。

隊長と言われた男はリーナの股の前でしゃがみ込むと、下半身を露出させた。いきり立つソレを見せつけるようにリーナの視界に入れる。そしてナイフを取り出した。

「てめぇはこのまま強引に犯し、泣き叫ばせてやる……！」

「この……！　帝国人が……！」

リーナは男を強く睨みつけるが、それすらも男をより興奮させていることに気づかない。そしてリーナの服を切ろうと、ナイフを股間に伸ばしたところで。

「ぎゃっ⁉」

「っ⁉」

幕舎の入り口で立っていた2人の兵士が、その場で血を噴きながら倒れた。

◆◇◆◇◆◇

ああ……なぜだろう。こうして人と会うのは随分と久しぶりなのに……どうしてか以前よりも、その動きや呼吸、思考まで読み取ることができる。

どう動き、次になにをしようと考えているのか。心にどういう感情を宿し、それをどうぶつけようとしているのか。手に取るように分かる。

長い時間をかけて岩肌をよじ登り、俺はその先で最後の難関に遭遇した。とうとう日の光が見えたのだが、その亀裂が狭く身体を通すことができなかったのだ。

だが意識を集中させて精神を落ちつかせると、どこに衝撃を加えれば、亀裂を大きく広げながら崩すことができるか。それが見えてきた。

そうして俺は手甲を纏った腕で岩肌を殴り、天井を穿つことで人が通れるくらいの穴を作る。

そう、とうとう地上に出ることができたのだ。日の光があまりに眩しく、思わず目を閉じてしまった。

日の動きを頼りに、おおよその方角を把握する。だがここがどの辺りなのかは分からない。しかし南側に山脈が見えたことから、一つの仮説を立てた。

（あの山脈の向こうは皇都なのでは……？　俺は地下を通って、山脈の北側に出てきた……？）

元々いた場所を考えると、ない話ではないと思う。もっとも、海でどこまで流されていたかにもよるだろうが。

とにかく俺は北を目指した。ここが思い描く場所であれば、この先に草原が広がっているかも知れないのだ。

そして森の中で湖を見つけ、そこで水面に映る自分の顔を見る。どれほど時間が経ったか分からないが、自分でも随分と精悍な顔つきになったと思う。あと髪が長過ぎる。

刀で適当に髪を切り、湖で身体を清める。長く洗っていなかったので、自分でもかなり臭いと感じていたのだ。

そしてさっぱりしたところで再び北を目指して森を出る。そこには見間違えることなどあり得ない光景が広がっていた。

「草原だ……！」

声を出したのも久しぶりな気がする。草原に出て安堵したが、ここが草原のどのあたりかは分からない。とにかく歩き続けるしかないな。

そう考えて日が落ちてきた時だった。遠目に火をおこしている者たちを発見したのだ。

遊牧民かと考え、駆け足で走る。だが視界に入ってきたのは、忘れもしないゼルトリーク帝国の旗だった。

「…………！」

武装した兵士の集団だというのは見れば分かる。俺は長く伸びた草の中に身を屈めて、気配を殺して兵士たちに近づく。情報が欲しかったのだ。

そしてそこで草原の民が捕えられたというのを知った。しかも1人は黒髪でグレーの瞳を持つ女だという。草原にいる女性で、思い当たる人物は1人しかいなかった。

（マヨ様……！）

そして2人が捕えられた場所を特定し、今に至る。

「なんだ、てめぇは！」

「どこの部隊の奴だ！」

ざっと周囲を観察する。

マヨ様……！　よかった、無事だ……！

それにもう1人も先ほどマヨ様の声が聞こえていたので、誰か分かっている。懐かしいな……随分と成長したものだ。

「聞いてんのか、てめぎゅあっ⁉」

飛んでくる虫を払うかの如く、自然な動作で刀を振るう。あまりに違和感のない動きに相手も反応できず、正面から堂々と斬り伏せることができた。

やっぱり……俺の剣、なにか変だ。こう振れば相手は無抵抗で何も反応できず斬られる、というのが分かる。

「こ、殺せ！」

中にいた残りの者たちが襲いかかってくる。刻印持ちもいるし、身体能力も高い方だろう。だが。

「ぎゃっ⁉」

「がっ⁉」

隊長格の男に向かってまっすぐに歩く。男たちは武器を振るってくるが、誰も俺の歩みを止めるどころか、遅くすることすらできない。

相手の攻撃が届くよりも早く、一切の無駄がない動きでこちらが斬り伏せていく。そして。

「な……なにもんだ……てめぇ……」

幕舎内に残っている男は俺と正面のこいつだけになった。互いに完全に間合いに入っている。

ああ……男の呼吸、感情、動作。次にどう動くか。それが全て分かる。

これだけ殺しているのに、俺の心は波一つとして立っていない。どこまでも静寂が続いている。そして。

「あ……」

男が両手で剣を振り上げたその瞬間、俺は刀を真横に一閃させ、両腕と首を斬り飛ばした。

こうなることは既に見えていた。

「そ……その、刀……それに……青い目……」

マヨ様は本当に驚いた表情で俺を見ている。なんだか最後に会った時より、たくましくなられた気がするな。

俺はまずすぐ側にいたリーナの縄を切ってやる。

「あ……」

続いてマヨ様の側へ移動し、同じく縄を切った。

「久しぶりです、マヨ様。それにリーナ」

「え……」

「や……やっぱり……！　そんな……ま、まさか……！」

「もしかして……ヴィ……ヴィル……！」

俺は静かにうなずいて見せる。再会を喜びたいし、いろいろ事情も聞きたい。だがここは敵地のど真ん中だ。

「話したいことは多いが……今はここを離れよう」

２人も事情は分かっているのか、首を縦に振ると一緒に外へ出る。周囲にはここに来るまでに斬った死体が転がっていた。

「あいつらだ！」

「あ⁉　女が逃げるぞ！」

「救出に来たか！　逃がすな！」

ち……！　もう少し穏便にやりたかったが、２人の救出を優先した結果だ。仕方ない。

「走ろう！　方角は⁉」

「東！」

「分かった！」

２人とも刻印を発動させ、身体能力を向上させる。そして東に向かって走り出した。

「追え！」

「馬を持ってこい！」

さすがに馬には追いつかれるな……！　追手は……50くらい、か……？

(今の俺なら……全力を出せば。いけるか……⁉)

いや、それだと２人を守る者がいなくなる。とにかく今は走るしかない……！

そう考えていた時だった。正面から矢が飛んでくる。

「え⁉」

矢の軌道は俺たちを狙ったものではなく、その後ろにいる追手たちを捉えたものだった。

なんという見事な腕だ……！　決して誤射しないように、俺たちの上を通り過ぎていったのに、しっかりと追手に矢を届かせている……！

（この弓の強さ……！ ムリア族か……！）

正面には馬に乗った遊牧民が15人向かってきていた。

「リーナとマヨだ！」

「もう1人いるぞ！」

「一緒に逃げてきているということは、味方だろう！」

「3人とも、乗れ！」

俺たちは遊牧民に手を伸ばし、それぞれ別の馬に乗せてもらう。そしてその場を離脱したのだった。

「おお……！ 本当に……！」

「ヴィルか……！」

馬に乗せられて、俺たちは遊牧民たちがいる場所まで戻ってきた。事情を聞いた者たちが大勢集まってくる。

「ヴィルうううぅぅ⁉」

リーナは俺に抱き着いてきた。日に焼けた肌に、濃い金髪とキリっとした目。思い出にあるリーナとは違い、随分と美しくなったと思う。

というか違い過ぎる。昔は男の子っぽかったのに……。

「……久しぶりだ、リーナ。それにマヨ様も。遅くなりましたが……どうにか合流できました」

「ヴィル……！　ふふ、こんな日がくるなんて……！　あなたには二度も命を助けられました。なんとお礼を申し上げればいいか……」

「そんな……」

続けて顔を見せたのは、カーラーンさんと師匠だった。

「ヴィル……」

「ただいま戻りました」

2人とも俺の存在を確めるように肩を叩く。そして師匠は真剣な視線を向けてきた。

「……どうやら相当な修羅場を越えたと見える。その若さで剣の極みに至ったか」

「そんな。……いえ、どうでしょう。実はまだ自分でも分かっていないのです」

対人戦自体が久しぶりだったのだ。自分の剣がこんなだったかと、違和感を強く覚えているくらいだ。

「すごかったよ、ヴィル！　何人もの男たちが、気づいたら全員ヴィルに斬られていたの！」

「……たしかに。刀を振るった瞬間は見えていたのに、今刀を振るったのだと意識できたのは斬り終えてからでした」

ああ……ここからは敵意を感じない。こんなにたくさんの人がいるのに、命の危機を感じない。

当たり前のはずなのに、この状況ですら違和感を覚える。

まぁあんな環境で過ごしていては仕方がないか。マヨ様は俺の右目を見ながら、さらに言葉を続けた。

「そう言えば、ヴィル、右目は見えていたのですね」

「……ええ。この刻印を隠すため、眼帯をつけていました。ですが、もうその必要もありません」

そう言いながら俺はカーラーンさんに顔を向ける。

「今の草原の事情は、ここに来るまでにおおよそ聞きました。カーラーンさん。八氏族を集めてもらえますか？　俺は……草原の民に対し、契約の履行を行いたいと考えています」

「な……!?」

俺の言葉に明確な反応を示したのは、カーラーンさんだけだった。他の者たちはそもそも知らないか、聞いたことはあっても詳細は分からないのだろう。

「ヴィル……！　それは……いや、どうしてそのことを……!?」

「……俺は契約を果たすことができる資格を持っています。この右目の刻印は、それを証明することができるでしょう」

「そんな……まさか……！　と……とうとう……現れたというのか……！　我ら……草原の民

の罪を……！　あ、贖える、ものが……！」

カーラーンさんの反応に対し、周囲の者たちがざわめき始める。師匠も何があったのかと眉をひそめた。

「ヴィル。いったいなんの話をしておるんじゃ……？」

「師匠。ここに来るまでに決めたことがあるのです。今から俺は……多くの同胞の屍を乗り越え、今度こそ望む未来を掴んでみせます。そのための覚悟は……既に済ませました」

カーラーンさんは全身を震わせながら声をもらす。

「すぐに集めましょう……！　リーナ、父上を呼んでくるのだ！」

「え……？」

俺はマヨ様にも視線を向ける。

「マヨ様もご参加ください。そして……師匠もお願いしたいです」

「……何か大事な話があるのだな？」

「今のこの状況で、必要なことなのでしょう？」

２人に対し、うなずきを返す。


ああ……これから俺は、幾万もの命を狩る死神となる。

夜が訪れたが、ユルトの中には各部族の長が集まっていた。それ以外にはマヨ様と師匠、そしてカーラーンさんがいる。

「カーラーン。その男が……？」

俺は前に出て改めて全員を見渡した。そして瞳に覚悟の光を宿し、口を開く。

「俺の名はヴィルガルド・ゼルトリーク。前皇帝ラグマルクの息子だ」

「…………………⁉」

「な、に……⁉」

「ゼルトリークの……血筋だと……！」

改めて名乗ったことで、マヨ様は両目を大きく見開いていた。

まさか仇である帝国皇族の血に連なる者だとは想像もしていなかったのだろう。

「今の草原の状況は聞いた。帝国はとうとうこの地に軍を差し向け、さらに多数のパラ族が捕えられていると。……俺は今の帝国、そして大陸の現状に深く憂慮している」

契約の履行を迫るにあたって、まずは大義を説明する。

「3つに割れた帝国は10年以上経った今もまだ争いを続け、多くの難民や困窮する民たちを生み出している。侵略される国、終わらない悲劇。蹂躙され、略奪される者。その影響はもはや帝国内に収まらず、大陸中に広がっている。……だが。俺はこれを許さない。誰も終わらせられないというのなら……俺が終わらせる」

そのためには草原の民の力が必要だ。どうして彼らなのか。それにも理由がある。

「かつてグノケインは大陸から魔獣を消し、人々に安寧をもたらした。だがその英雄グノケインは、とある理由から9人の配下に討たれる」

「え……」

「なんと……？」

ここで驚いたのはマヨ様と師匠だ。しかし族長たちは静かに俺の話を聞いている。

「討たれるに足る理由はあったが、彼が人の守護者だった事実は変わらない。また配下たちも彼を討ったことに、強い罪悪感を抱いていた。そしていつかその罪が許されるようにと、9人の内の1人……グノケインの息子とある契約を交わした」

いつか魔獣のような、再び大陸を混乱させる出来事が起こったら。その時はグノケインに替わり、自分たちが大陸に安寧をもたらそう……と。

その時に備え、8人は草原に籠って八氏族が始まった。彼らはいずれくる日に備え、各々に課せられた役割を果たすべく時を過ごす。

そしてグノケインの息子は小国の王となり、草原の民との友好を図りながらその生を終えた。

さらに時は流れ、彼の子孫は多くの国を併合していき、やがて大陸に版図を広げる大帝国が誕生する。それこそがゼルトリーク帝国だ。

帝国と草原の民が不可思議な友好関係にあったのは、その時の名残だろう。これまで帝国は草原に対し、必要以上に干渉をしてこなかった。

「だが契約を果たす条件は、グノケインの血筋がその号令を出すこと。おそらく今の皇族には、古の契約は知られていない……既に失われている。いや、あえて後世に伝わりにくくしたのだろう」

ここで言うグノケインの血筋とは、彼と性交を行って生まれた子を指す。伝説では視線を合わせるだけで、女は彼の子を身ごもったと言うが……その辺りの真偽は俺にも分からない。

また罪悪感を覚えていたのはグノケインの息子も同様だ。彼は契約を忘れるということを己の罪として課した。

そして八氏族たちは履行される可能性がほとんどないと知りつつも、今日までその役目を……この大陸に打って出られるほどの戦力を鍛え、磨き続けてきた。

いつか来るかも知れない災厄に備えて。それが自分たちに課せられた罪だとして。八つの部族はそれぞれに得意分野を分けており、それらが組み合わさることで最強の軍隊となる。

本来であれば、日の目を見ることがなかったはずの幻の軍隊。精強なのは間違いないが、それだけで今の帝国を打倒できるとも限らない。

だが、俺はもう覚悟を決めたし、できると信じている。そしてやらなくてはならないことでもある。

　ここで手を上げたのはカーラーンさんの父、ムガ族族長のローバンだった。

「ヴィルガルド様は、どこでその契約を知ったのですか？　それに契約を履行するということは、我らをヴィルガルド様が指揮するということ。それができますかな？」

　それはこの場にいる全員が思っていることだろう。せっかく精強な軍隊をそろえていても、それを指揮する者の能力が低くては宝の持ち腐れだ。

「正直に言おう。俺は前線で戦ったことはあるものの、指揮を執ったことはない」

「…………」

「だができるという確信はある。それをこれからの戦いで示そう。契約については……グノケインの導きがあったのだ。そして今日までこの地に来られなかった理由でもある」

　あの地下空間のことは説明しにくいな……。いずれ落ち着いた時に話すとして、今は曖昧な答え方にしておく。

「俺の望みは単純だ。自分の居場所と安寧、これらを血と命を払って手に入れる。具体的には帝国の再統一、そしてアマツキ皇国を取り返すということになる」

「アマツキ皇国を……！」

　マヨ様が生きている限り、皇族の血は続く。あの地を帝国の支配下においたままにはしておけない。

「……ヴィルガルド様がゼルトリーク皇族の血を引いているという証拠は？」

「2つある。1つはこの右目の刻印だ。帝都にある資料を見れば、前皇帝ラグマルクの息子であるヴィルガルドは、右目にこの紋様の刻印が発現したと記録が残っている。そして2つ目。キリムネ師匠がそれを証明できる」

族長たちの視線が師匠に向く。師匠は大きくうなずきを返した。

「間違いない。かつてわしはヴィルガルド殿の母君に雇われ、帝都にある皇宮で剣を教えておったのだ。そして内乱が本格化した時に帝都から連れ出し、各地を旅しながらここへたどり着いた。あとは……知っての通りじゃな」

「なんと……！」

「で……では……本当に……！」

「グノケインの……我らに号令を出せる有資格者……！」

草原の民が今も役目を果たしていることはよく分かっている。正直、昔の話なのに随分と律義だと思う。

だがそんな彼らだからこそ、俺は強く信頼することができる。

「パラ族をどう助けだすか悩んでいた時に、まさか有資格者が現れるとは……！」

「うむ。しかもヴィルガルド様には既に我らが同胞を救っていただいておる」

「それだけでも恩に応えるには十分だろう。なにより長きにわたって鍛えてきた我らの技、このまま朽ちさせるにはあまりに惜しい……！」

最初に狙われたのがパラ族というのは運がなかったな。

彼らは弓矢や鎧を作成したり、馬具の制作を得意分野とする一族だ。他の一族と比べると、どうしても戦闘能力は一歩劣る。

そのパラ族の族長が前に出て頭を下げた。

「我らパラ族はあなたの号令に従いましょう。なにより同胞を助けてくれるというのです、これを断る理由などありましょうや」

彼に続くように他の族長たちも頭を下げる。

「大地を疾風の如く駆ける我らドーガ族、ヴィルガルド様の号令に応えましょう」

「今日まで鍛えてきたムリアの弓技。きっと役に立てるでしょう」

ドーガ族はどれだけ離れていても、多種多様な手段で連絡を取る術を身につけている。

ムリア族は純粋に弓の腕を鍛えてきた一族だ。草原の民は基本的にみんな弓が得意だが、ムリア族は特に優れている。

「ルト族の者も負けておりません。どのような敵が相手でも、打ち砕いてみせましょうぞ」

「我らを戦場に活かすのに、馬は必須。ガガルは今日まで精強な馬をたくさん育ててきました。どうぞ存分にお使いください」

ルト族は弓も使える重装騎兵としての技を磨いてきた部族になる。軽装弓騎兵の多い草原の民たちだが、ここ一番で強い突破力を発揮できるだろう。

そしてガガル族はたくさんの馬を育てている一族だ。基本的にどの部族も馬は育てているが、ガガル族は軍馬はもちろん、荷物運びに適した馬など交配しながら研究を積み重ね、またその数も多い。

「斥候任務などはウット族にお任せを。ドーガ族と協力し、いつでも最新の情報を我らの王たるあなたに伝えましょう」

「戦において補給の安定は勝敗に直結します。我らキャムラ族は戦場における兵站や物資の補充などの管理で、軍の支えとなりましょう」

ウット族は戦場における情報収集を得意としている。またキャムラ族は輜重科の役割を果たす。各々戦闘力もあるので、間違いなく頼りになる。

「ムガ族、新たな王の凱旋を喜んで受け入れましょう。折衝業務や情報収集はお任せください」

ムガ族は他勢力とのやり取りを任せやすい一族だ。それに部族の者を商人として大量に送り込み、敵地で情報を集めることも得意としている。

戦の前段階では特に欠かせない存在となるだろう。

「……ここに古の契約は成った。この地から俺は帝国の皇子として……祖国を取り戻す。まずは目の前の敵を粉砕し、同胞を救う。さっそくだが時間はないし、情報も欲しい。軍議を進めよう」

「はっ！」

「承知！」

こうまでスムーズに俺が上に立つことで話がまとまったのは、帝国が同胞を捕えているという喫緊の課題があるからに他ならない。通常であれば、今日出会ったばかりの俺を王と認めるのは難しいだろう。

いや……まだ彼らも心の底から俺に忠誠を誓っているわけではない。今の状況的に号令を出せる俺という存在がありがたいという認識ではないだろうか。

だが何も問題はない。これからの戦いをもって俺は彼らの王にふさわしいのだと示す自信がある。

そして俺なら仮初の忠誠を本物にできる。既にそのヴィジョンも見えているのだ。

この先何が起こっても、俺の精神を乱すことはそうあることではない。俺は彼らと共に帝国を統一してみせる。

そしてそれこそが俺のなすべきこと。生涯を賭してやり遂げたい目標であり、絶対に折れることのない輝きだ。

二度と帝国に俺の大切なものを奪わせない。奪われる側で甘えているのは、今日で最後だ。

あとがき

はじめまして！　ゼルトリーク戦記をご覧いただきまして、誠にありがとうございます。

ネコミコズッキーニと申します。

1巻は楽しんでいただけましたでしょうか。

「ネコミコズッキーニってだれ？」と、思われる方も多いと思いますので、簡単に自己紹介をさせていただいたあとに、本作について触れさせていただければと思います。

私自身は関西生まれ、関西育ちの酒好きおじさんになります。もともとお酒はまったく飲まなかったのですが、25歳の時に転職をしまして……。今の業界は飲みニケーションが非常に活発で、気づけば立派な酒飲みおじさんと化しておりました。

ほぼ毎日お酒を飲んでいるのですが、「Twitter（X）でその日は何をツマミにお酒を飲んでいるのか、だいたい公開しておりますので、興味がございましたらご覧になられてくださいませ。

まぁツマミ公開とネコ動画のリポストで大半を占めているのですが……。

小説を書き始めたのは２０２１年からになります。当時はコロナ禍が始まったばかりで、世の中の動きがかなり大きかったかと思います。

居酒屋も営業せず、夜に出歩く人もほとんどいない時期がございまして……私自身、休みの日でも外に出ず、ずっと家で過ごすという日々が続いておりました。

おかげで動画を見る機会が増え、気づけばいろんなVtuberさんを見るようにもなりましたが、独身ということもあり、時間を持て余す日々が続いておりまして……。

そんな時、友人がオリジナルの小説を書き始め、とあるサイトに投稿しましてね。これは面白そうだと私も小説を書き始め、今に至るという流れとなっております。


ゼルトリーク戦記も、そうした流れの中で執筆した作品となります。

小説を書き始めた当初はシリアス、硬派な主人公ばかり書いていたのですが、途中から明るくギャグテイストのある物語を書くようになりまして。ある日、久しぶりに硬派な主人公、物語を書きたいと思いました。

では何を書こうと考え、「何も持たない男がやがて国を統一する戦記ものを書きたい！」と、思ったわけでございます。

実は戦記もの自体は、ずっと書きたいと考えておりまして。ただ登場人物も多くなり、本格的な戦の描写含め、自分にどこまで書けるか未知数だな……と、思っていたこともあり、これまで手を出していないジャンルになっていました。

でもいざ書き始めると、「こんな展開を書きたい！」「熱い合戦を繰り広げたい！」という思いがどんどん溢れ、こうして読者の皆様の応援と双葉社さんにお力添えいただいたことにより、書籍として形にすることができました。本当にありがとうございます！

1巻ではヴィルガルドに試練を強いることとなりました。大きな力を得るには、相応に試練を乗り越えてこそ……という考えがあったからです。

逆境において身体はもちろん、精神も含めてどう成長させていくか。その方向性次第でどんな「主人公」になるのかが決まると思います。

ヴィルにはぜひ逆境で育んだ信念をもって、戦乱の世を駆け抜けてほしいですね。

ヒロインにキヨカとマヨ、リーナが登場いたしましたが、イラスト含め気に入っていただけましたでしょうか。芯のある強い女性って魅力的ですよね……。

ここからはイラストの話を少し。まずヴィルガルド！　いやぁ、かっこいい！

眼帯で刀な主人公ですよ。真面目で硬派な雰囲気がすごくいい形で表現されていると思います！

キヨカ、マヨ、リーナも大変美しいですよね！　キヨカは「これぞ武者！」という魅力があ

ります し、マヨもお姫さまという雰囲気がよく出ています。リーナは活発な娘というのが、見た目からよく伝わってくるのではないでしょうか。

どのキャラクターも大変魅力的に描いていただいたsakiyamama先生にはものすごく感謝しております。本当にありがとうございます。

また書籍という形にして、こうして世に出していただいた双葉社の皆様にもあらためてお礼申し上げます。とくにこの1巻は、編集さんから数多くのアイデアをいただき、満足のいく1冊になりました。

別作品である「魔窟の王」に続けて二作も書籍にしていただけるとは……もしや神か？

そしてこうして書籍を読んでいただき、また日頃から応援いただいている読者の皆様にも感謝を！

私が今も創作を続けられているのは、間違いなく皆様の応援があってこそでございます。皆様には、今後も楽しんでいただける話を執筆することで、少しでも感謝を形にしてお返しできればと思っております。

それでは、また。次巻、いよいよヴィルガルドの戦が始まります！

ネコミコズッキーニ

本書に対するご意見、ご感想をお寄せください。

あて先

〒162-8540 東京都新宿区東五軒町3-28
双葉社　モンスター文庫編集部
「ネコミコズッキーニ先生」係／「sakiyamama先生」係
もしくは monster@futabasha.co.jp まで

ゼルトリーク戦記　追放された皇子が美女たちを娶り
帝国を統一するまで①

2025年2月2日　第1刷発行

著者　ネコミコズッキーニ
発行者　島野浩二
発行所　株式会社双葉社
〒162-8540
東京都新宿区東五軒町3-28
電話　03-5261-4818(営業)
　　　03-5261-4851(編集)
https://www.futabasha.co.jp
(双葉社の書籍・コミック・ムックが買えます)
印刷・製本所　三晃印刷株式会社
フォーマットデザイン　ムシカゴグラフィクス

落丁・乱丁の場合は送料双葉社負担でお取り替えいたします。[製作部]あてにお送りください。

ただし、古書店で購入したものについてはお取り替えできません。

[電話]03-5261-4822(製作部)

定価はカバーに表示してあります。

ISBN978-4-575-75344-8　C0193
Printed in Japan

Mね01-02

ネコミコズッキーニ
ill pupps
淫溺妃オルゴアミーの開発日誌
いん でき ひ
魔窟の王 1
異世界に転移し、魔獣の棲む森をさまよっていた清水正一は、可憐な妖精・アミィちゃんに命を救われる。さらに異世界で生き抜くためのスキルを与えられるも、代償として「月1で女の子を絶頂させないと死ぬ」身体になってしまった！　女性経験のない正一は尻込みするものの、アミィちゃん――もとい《災厄の淫溺妃・オルゴアミー》の巧みな話術により、心の奥底にひそむ欲望に正直になっていく。"人生イージーモードの勝ち組美女たちに、俺のドス黒い欲望をぶつけてやる……！"やがて『魔窟の王』と恐れられる男の異世界開拓記、開幕。
モンスター文庫

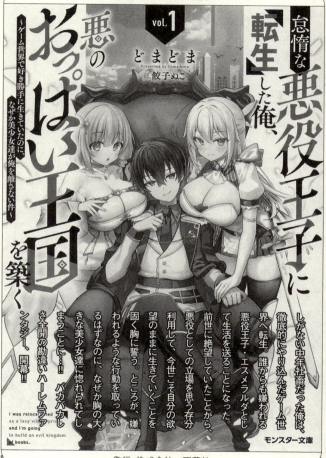